© Rainer F. Grimm, Kopenhagen 2001

Umschlaggestaltung Melitta Löffler, HDSeibt.
Printed in Germany   ISBN 3-8311-0377-1
Dieses Buch ist in jeder Buchhandlung zu bestellen.
Oder unter www.bod.de

Herstellung: Books on Demand GmbH

Traumtänzer mit Traumfrau

Rainer F. Grimm

Der Traumtänzer

Er sitzt in einer dunklen Ecke. Finstere Kneipe. Vor dem Fenster, ein Loch in der Wand, sieht Guido geblendet New York toben. Der Broadway dürfte nicht weit entfernt sein. Guido versucht, aus seiner Ecke aufzutauchen wie aus einer dunklen Brühe, einem sich um ihn schlingenden Morast. Er versucht, zum Tresen zu gelangen, um sich einen Pernod mit Wasser zu bestellen. Da springt ein stämmiger, graubärtiger Mann von seinem Barhocker und schreit fluchend: „Zur Hölle mit diesen Viechern!" Kakerlaken im Bourbon, das ist selbst Hemingway zuviel.

Schweißgebadet, nach einer Richtung tastend, erwachte Guido aus seinem Traum. Ein grauer Wintertag, nicht in New York, sondern in Goslar, breitete sich um ihn aus. Goslar, immer noch, schon wieder, diese Kleinstadt auf der Nordseite des Harzes, die allen Anforderungen des sprichwörtlichen Kuhdorfes entspricht. Ein Newyorker würde das Ganze eher für eine Kreation Walt Disneys halten, ein Legoland mit Einwohnern, als für die Wirklichkeit, in der Guido seit Jahren lebte. Die Häuser, Häuschen, krumm und schief, Gassen, Gäßchen, kruggelig. Kopfsteinpflaster, Fachwerk, Schieferdach. Eine Stadt mit tausendjähriger Geschichte, in der sich seit dem Mittelalter scheinbar nicht viel verändert hat, und darauf ist man besonders stolz.

New York, da war er sicher... und er bestellte sich einen Pernod mit Wasser als wäre er in Paris.

Alles wäre klar gewesen, offen gelegt im Traum, und der weitere Verlauf dieser Geschichte wäre keine Überraschung, nichts müßte auch noch geschehen, um gewesen zu sein. Kakerlakenplage in New York - das war nicht neu - oder sollte er sich am Broadway besser einen Bourbon bestellen?

Guido wollte die Wirklichkeit nicht allzu ernst nehmen, wollte sie bunt schillern lassen, in den Spektren fast vergessener Phantasien.

Der Rattenfänger aus Hameln hätte hergemußt, der, mit der Blockflöte gewappnet, die Schaben aus ihren dunklen Gängen locken würde. Was aber konnte aus einem Traumtänzer werden? Niemand würde heute noch auf diesen Trick mit der Flöte hereinfallen, und schon gar nicht eine Newyorker Kakerlake.

In seinen Träumen bewohnte Guido ein Zimmer in der Spitze eines Wolkenkratzers. Ein Zimmer mit Aussicht bis zum Pluto. Weit unten Downtown. Illuminierte Straßenschluchten, Manhattan. Plötzliches Tageslicht, überraschend. Da war er wieder unterwegs, schon über den Times Square hinweg, im Gedränge eines wildwasserartigen Passantenstroms. Er kämpfte gegen die Strömung, schien genau zu wissen, wohin er wollte. Da begegnete ihm jemand ohne Gesicht, und Guido sank zurück in die dunkle Ecke. Ihm fiel ein, daß er vergessen hatte, in den Spiegel zu sehen, um sich davon zu überzeugen, daß er wirklich war. Er mußte weiter und fand sich in dem beschlagenen Spiegel im Bad wieder, durch sich hindurchsehend. Zurück in der kleinen Welt, der kleinen Stadt, in der er seine

Traumfrau wiedersah.

Vor sieben Jahren hatte sie sich in seine Träume eingeschlichen, wurde zur Traumfrau, in naiven Vorstellungen von einer märchenhaften Zukunft, in der für Guido ein wirklich wahrhaftiges Leben beginnen würde. Und wenn sie nicht gestorben... Da sah er sie in einer heruntergekommenen Kneipe wieder: längst durchgesessene Sofas, stumpfes Parkett voller Zigarettenkippen, diffuses Licht und ein Billardtisch mit fleckigem Filz. Isabelle, seine Traumfrau, jobbte in ihren Semesterferien im »Zappelkeller« als Kellnerin. Guido staubte in seinem Kopf die kristallisierten Augenblicke der Vergangenheit ab, polierte sie bis sie glänzten und wie neu aussahen. Augenblicke, in denen er in ihren Armen die Sterne einer kurzen Sommernacht gezählt hatte, Augenblicke, die ihm viel versprochen hatten. Augenblicke nur, denen nichts folgte. Ein ungelebtes Leben. Leben nur im Kopf. Kopfgeburten. Hoffnungen, mehr nicht. Aber wer konnte es wissen, vielleicht würde diese Geschichte ja erst jetzt beginnen, dachte er sich, noch immer in der dunklen Ecke sitzend.

Wie ein schaurig nervöses Gespenst, ein ruheloser Geist, spukte es in ihm, dieses Bild vom Anfang, ein Schnappschuß seines Bewußtseins: Sie, Isabelle, und er und die Bäume hinter dem Hallenbad. Unantastbares Bild. Bitte nicht berühren: Erste Liebe. Sommer. Sie und er. Er lebte in seiner Welt, die ihn wie ein Käfig gefangenhielt. Welt, aus der er ausbrechen wollte, in der er aber nur von einem Entkommen träumte, nur träumte, von einem wirklich abenteuerlichen Leben. Guido und seine Träume. Sonst Nichts in Allem. Traumtänzer. Städte im Sandkasten, Monster im Wäldchen, und hinter der Landstraße nach Hahndorf fing schon Amerika an. Er und die zerfetzten Laute des Windes, Geflüster in den Ohren, Rauschen. Suche nach dem Sommerland. Seine Phantasie bevölkert von den Mythen aus dem Schwarzweißfernseher. Die unglaublichsten Liebesschnulzen entsponnen sich, und immer gab es ein Happy End. Nach verwirrendsten Verwicklungen kamen sie immer zusammen, weil sie ganz einfach zusammengehörten, ganz einfach. Aber so war sie nicht, die Wirklichkeit, das Leben für Guido. Und überhaupt schien es ihm, daß es keinen klaren Anfang, kein einleuchtendes Ende, kein eindeutiges Ja und auch kein zweifelloses Nein gab. Erste Liebe. Aber Guido fand nicht heraus, was sie war, sein sollte, begriff es nicht. Wie, Liebe? Reichte es nicht, verliebt zu sein? und der Rest würde sich von selbst ergeben? Er wollte sich nicht verstellen, ihr nichts vorspielen, offen und ehrlich wollte er sein, damals mit fünfzehn. Aber dadurch war er nur langweilig. Traumtänzer und Traumfrau. Sie, Isabelle, und er unter den Bäumen hinter dem Hallenbad. Aber nichts fand zusammen. Guido wußte noch nichts von dem Spiel, das gespielt werden mußte, von den Küssen, die geraubt sein wollten. Nicht mit der Wimper zucken, eine Maske tragen, selbstsicher sein. Verdammtes Spiel. Und später ging es ganz automatisch, bis er nicht mehr wußte, wer er wirklich war. Da, damals, streiften

die Sonnenstrahlen zitternd durch die Buchen-
blätter, verwoben sich in ihrem Haar. Guido schien
dieses Bild nach sieben Jahren ziemlich überbe-
lichtet, oder war es nur vergilbt? Im Gras lagen sie
bei den hingeworfenen Fahrrädern. Er träumte nur
von ihrer Hand in seiner, von ihren Lippen auf
seinen, von einem Kuß, er wäre gerettet gewesen!
Er träumte es nur. Isabelle wollte von ihm nichts
wissen. Und als Guido sie mit einem anderen auf
dem Spielplatz bei dem rostigen Fliegenpilz, Arm
in Arm, ganz eng umschlungen, sah, schnappte er
zwischen massiven Depressionen und panischer
Flucht nach Luft wie ein Ertrinkender. Das konnte
nicht wahr sein! Er spielte Verstecken mit sich und
der Welt, verschwand in leergeträumten Zimmern,
hinter zugedachten Türen. In einem Vergessen,
das Gewohnheit wurde, lebte er weiter. Selbstver-
gessen. Nicht mehr er. Einsamkeit, in der er sich
auflöste, ganz in sich verklemmt, eine lange Zeit.
Nur er, ohne sich, träumend. Ach, du häßliche
Kröte, nicht ein einziges Mal hat sie dich geküßt...

Drei Jahre später saß er auf einmal wieder
neben Isabelle. Alles fiel ihm wieder ein. Die Grill-
party an der Bärenhöhle, das Lagerfeuer im
dichten Schwarz des Waldes und die Nacht, in der
er schon seit Urzeiten zu hocken schien. Guido
verlor sich in den verstreuten Erinnerungen an
eine Zeit, in der noch alles zueinander zu passen
schien. Sie stolperten den Steinberg hinab, kamen
zur Granetalsperre und küßten sich. Geflüsterte
Worte. Die Sternbilder sonnten ihre Hieroglyphen
über ihnen. Beweintes Lachen. Mit staunenden

Augen sah er wie durch ein Schlüsselloch in eine andere Welt. Gegenüber All. Denkend und fühlend, alles würde wirklich sein. Insichstürzende Erklärungen. Guido glaubte die Augenblicke zwischen den Fingern halten, die Sterne des herangerückten Himmels einfangen zu können.

Zwei Monate später stand Guido vor ihrer Tür. Ihre Adresse hatte er aus dem Telefonbuch, und diesmal klingelte er sogar. Sie hatte Geburtstag, aber davon hatte er nichts gewußt.

„Was machen denn andere Leute an ihrem Geburtstag?", fragte sie, als wäre es ihr erster.

„Wir könnten ja was trinken gehen, auf die ersten überlebten achtzehn Jahre anstoßen."

Und sie gingen ins »Hannenfaß«, tranken roten Sekt. Guido erzählte ihr von Paris, aus dem er gerade zurückgekommen war. Er schwärmte von Paris, von dem frühen Morgen, als er nach der nächtlichen Autofahrt, nonstop von Brest bis Paris, immer neuen Straßen und Gassen folgte. Er hatte Paris entdeckt wie ein Land hinter dem Regenbogen.

„New York würde dir sicher auch gefallen. Manchmal habe ich es mir vorgestellt, Du und ich in New York." Guido war verwundert, daß sie überhaupt an ihn gedacht hatte.

Ein paar Monate später bekam er dann eine Karte aus New York von ihr. Panoramablick auf Midtown Manhatten unter einem, typisch Postkarte, blauen Himmel. Skyline facing east: „...und wer weiß, vielleicht kommen wir ja einmal zusammen hierher..."

Guido versuchte, sich und einem fliehenden Bewußtsein zu folgen:... zwei Jahre ist es her, als ich ihr das letzte Mal über den Weg lief, sie mir - aber es war kein Anfang, unsere unmögliche Zukunft, bis jetzt! - zwei, oder drei Jahre, ich bewußtlos in meine Träume eingesponnen, mit dem Kopf im Sand, den Wolken..., dachte Guido.

Wonach hatte er gesucht? nach ihr? sich selbst? nach wundersamer Verwirklichung? Nicht gerade der direkte Weg von Paris nach New York. Unmöglichkeiten, Fieberphantasien, über die er selbst am meisten lachte, an die er selbst am wenigsten glauben konnte. Nicht, daß es schwierig wäre, nach New York zu kommen, aber mit ihr – unmöglich! Er konnte doch schon von Glück reden, wenn er überhaupt wußte, wo sie wohnte. Es war doch nur ein Traum! Traumtänzer und Traumfrau, er und sie in New York. Nicht auszudenken! Traum, irrend in einer hohlen Idee, die sich hinter einem aufgeplusterten Vielleicht im Dunkeln versteckte, ganz erschreckt und bange vor der Realität, die ihr nicht zu nahe kommen durfte, wie ein letztes Irgendwas, das über den erloschenen Stern kroch.

Aber Isabelle erkannte ihn kaum, als er ein Bier bei ihr bestellte. Ihr Schatten huschte durch die Menge im dichten Zigarettenqualm. Es geschah nichts. Guido verfolgte den Schatten mit seinen Blicken und verharrte mit einem Bierglas in der rechten Hand und diesem Loch im Bauch. Er rührte sich kaum, als seine Augen ihr, Notruf im Nebel, Liebesgeständnisse zumorsten.

Die scharfen Sonnensplitter des frühen Morgens zerschnitten Guidos Gedanken, zerstückelten sie, zerbröckelten sie zu Staub, den er sich geblendet aus den Augen wischte. Er preßte die Schultern in die Jacke, schlich auf den dünnen Zungen zurückweichender Nacht durch die menschenleere Altstadt mit ihren restaurierten Fassaden und erloschenen Fensteraugen. Aufpoliertes Äußeres, hinter dem althergebracht das Leben schnarchte. Nur eine Polizeistreife mit piependen Funkgeräten schlich um die Ecke und sah ihm mißtrauisch nach.

An einem Sonntagnachmittag war er zu Isabelle gegangen, hatte sich den Mut genommen. Er ging zu ihr, auch wenn ihn die blonde Frau in der Glotze gewarnt hatte - auch sie hatte ihn an seine Traumfrau erinnert: „Laß mich bloß aus dieser Geschichte raus!"

Er war zu ihr gegangen mit einem zerhackten Schneckenhaus, das er in seiner geschlossenen Hand begraben hatte. Unbeholfen, zögernd wechselten sie Worte am weit geöffneten Fenster. Sie hatte gelacht, und die Sonne hatte geschienen. Worte wurden geflüstert, als wären sie nicht dafür gemacht, gehört zu werden.

„Du bist für mich ein regenbringender Zauberer." Er hatte den schwarzen Zylinder aus ihrer Hutsammlung genommen, seine langen Haare darunter gestopft. Der Topf fiel ihm vom Kopf, als er mit seinen Lippen an ihrem Mund hängen blieb, sie festhielt. „Wir retten uns auf das Teppichfloß in diesem aufbrausenden Meer, ein Unwetter eilt heran..." Guido fiel, stürzte in sich hinein, in sie, mit geschlossenen Augen und wußte nicht, ob er noch gerettet werden wollte. Am Ende dieses Abenteuers aßen sie Erdbeertorte, aßen sie mit wolkiger Sahne. Wieder gab sie ihm einen Kuß und sagte: „Komm, laß uns gehen."

Stimmungswechsel. Da war Isabelle plötzlich wieder weit fort, in einem für ihn unergründlichen Zurückweichen. Sie schwieg, war unerreichbar für ihn, so als hätte sie unsichtbare Mauern um sich. An ihren hochgezogenen Schultern waren Isabelle und Guido keine Handbreit voneinander entfernt, und doch hatte er das Gefühl, weiter von ihr entfernt zu sein als früher. Sie hatte sich zurückgezogen.

Vielleicht ist es besser, sie allein zu lassen, aber ich kann nicht... vielleicht mache ich mir nur etwas vor, mutwillig? Aber ich komme nicht von ihr los... und selbst wenn, sie kann pfeifen, und ich komme, ich kann nichts dagegen tun... Leben, nur ein Schatten an der Wand, auf den ich wie ein Blinder starre...

„Ich weiß nicht", sagte sie, „ich glaube, wir sollten für einander die Unschuld bewahren."

„Wessen Unschuld?" Sie antwortete nicht, und warnend erhob sich in ihm der Zweifel: Paß auf, du wirst dich selbst dabei verlieren! - Oder wirst du dich finden? - Ihr erstarrtes Gesicht mit den aufgerissenen Augen in einen stummen Schrei gehüllt. Augen wie blanke Spiegel, die die Welt nur zurückwerfen, aber nichts in sich aufnehmen. Ihr Gesicht nur eine Maske aus Porzellan.

„Aber jeder trägt doch diese Maske, Erziehung,

Erfahrung, und niemand kann sie sich wieder abnehmen", sagte sie überraschend zu Guido, der nicht wußte, wohin.

Ihn hatten seine Hoffnungen also doch getrügt! Kein Anfang, schon ein Ende, bevor es begonnen hatte. Guido sah sie an, noch suchend. Unschuld – so, als wäre es besser gewesen, gar nicht erst geboren zu werden. Sie - für ihn in einem Moment, als er begann, sein Leben zu lieben, unter den Wolken, die jetzt zu einer grauen Mauer verschmolzen waren.

Isabelle wartete noch, vielleicht konnte es ja doch einmal anders sein. Gib der Liebe eine Chance, dachte sie sich. Vielleicht an einem grauen, verregneten Morgen auf dem Weg zum Bäcker. Mit gesenktem Kopf würde ich ihm begegnen... Ein Geräusch nur würde mich aufblicken lassen. Das Öffnen einer Tür? Ich würde ihn sehen, und beim nächsten Schritt würden unsere Füße den Asphalt nicht berühren. Stocken - und ganz langsam würden wir uns umeinander drehen, aufsteigen wie Luftblasen in wirbelndem Wasser. Ein Atemzug, ein Zwinkern, ein Augenblick nur, dachte sie weiter. Doch dann werden sich in unseren Augen wieder nur die Straße und ein paar schiefe Häuser spiegeln und es wäre vorbei, schon beim nächsten Schritt. Wir werden es nicht festhalten können...

„Auch du kannst es nicht festhalten", sagte sie zu Guido, „niemand kann Gefühle erzwingen, ihnen befehlen. Komm her, geh weg! Darauf hören sie nicht. Ich will es nicht erklären, aber darum geht es auch nicht, ich kann es klar und deutlich fühlen. Es geht nicht ums Verstehen, obwohl ich es verstehe. Erklärungen würden es zerbrechen. Das mußt du akzeptieren. Vielleicht ist das Drehbuch schon geschrieben, alles vorherbestimmt. Doch du weißt nichts davon und mußt dir immer und immer wieder sagen: Mit mir nicht, dich mit allen Mitteln dagegen wehren, wenn es so kommt wie du es nicht willst. Manchmal denke ich sogar, daß in einem jenseitigen Irgendwo, da draußen, nicht hier drinnen, die echte Wirklichkeit ist. Da ist ein Trick bei, als wäre das hier nur eine Prüfung. Jemand will nur testen, wie ich mit dieser Unvollkommenheit klarkomme, ob ich auch tauge für ein richtiges Leben, da, irgendwo. Aber es gibt kein NUR DU ALLEIN, kein ONLY YOU...“

Und sie würde ihm noch einmal zunicken und vorbeigehen, als wäre nichts gewesen.

Da war er wieder, dieser alte runzelige Schatten der Angst. Die Angst, sich zu verlieren, im anderen. Deswegen durfte es nicht sein. Sie wußte, wie das geht - Beziehungskiste, in der sie sich mit einem anderen gefangen hätte, aus Angst vor dem Alleinsein. Und man wäre wieder ganz allein, ohne Freunde, ohne Bekannte, allein, mit dem Anderen. Aber niemand kann die Liebe erklären, sonst gäbe es keine Befreiung von dieser kahlen Logik. „Mein Kopf ist von Traurigkeit durchzogen. Das ist eine seltene, viel zu wenig erforschte Krankheit, weißt du, mein Kopf schlußfolgert am Anfang doch schon das Ende.“

„Aber warum?“

„Es ist nun mal so..."

Es regnete noch immer. Und im Tabakladen am Bahnhof sagte ein greiser, gebeugter Mann: „Ein Wetter wie im alten Rom" und sah so aus, als hätte er auch das schon erlebt.

Am nächsten Abend war Guido wieder in der Kneipe, auf der Flucht vor der Langweile. Die Vorstellung eines Lebens mit ihr ließ ihn nicht mehr los. Er suchte sie in der Menge, der Laden war brechend voll, nur ein enger Gang zum Billardtisch und zum Tresen wurde schubsend freigehalten. Guido fühlte ihren Blick auf sich ruhen. Sie lachte ihm zu. Seine Vorstellungen gerieten durcheinander. Wolkenmauern türmten sich unerschrocken. Guido lachte, wußte nicht, ob es wirklich so sein konnte wie es war, wie er es erlebte.

Was der wohl denkt, fragte sie sich, sieht ja wieder aus, als wäre er gerade erst aufgestanden...

Guido versuchte zu unterscheiden, zwischen der Mimikry seiner isolierten Phantasie - Schmetterlinge tänzelnd und balancierend auf blitzblanken Lichtern - und gauklerhafter Hoffnung, zu unterscheiden, zwischen Traum und dem, was wirklich sein konnte und sicher auch irgendwo war.

Nur die Sehnsucht eines am Fenster Stehenden? Jemand, irgendwer: Guido ein Jemand, stehend, denkend, am Fenster, oder bewegungslos in einer brodelnden Menge, weil ihm nichts einfiel und nichts geschah, nichts. Einer, der zu lange in die Leere starrte, bis er auch die nicht mehr sah, oder einfach Guido, als er durch die Wand gegangen war.

Am Tresen im »Zappelkeller« angekommen.

„Wie geht´s?"

„Siehste ja, stressig..." Dabei stellte sie ihm ein Bier auf den Tresen, obwohl er gar keines bestellt hatte, und sagte nur:

„Das ist von mir." Und weg war sie.

Beim nächsten Bier sagte sie zu Guido:

„Heute ist mein letzter Abend hier, deswegen." Das Fünfmarkstück, das er auf den Tresen gelegt hatte, gab sie ihm gewechselt wieder zurück. Der Boß des Ladens stand ja gleich daneben: Den Heiermann zu zwei Zwickel und einer Mark. Bei seinem letzten Bier spülte sie Guido mit ihrem Lachen fast vom Hocker. Wechselte ihm die gegebenen drei Mark in einen Zwickel, plus zwei Fünfziger.

Er verließ die Kneipe. Don Quijote, auf seinem rostigen Fahrrad reitend, hatte ganz in Gedanken verloren zu ihr gesagt: „Manchmal denke ich, ich denke zuviel." Gelacht hatte sie.

Er schrieb ihr ein Gedicht:

> Du wirst dich sicher wundern,
> aber es ist auch ein Wunder.
>
> Nicht alles für mich:
> Du und dein Lachen.
> Bestimmt auch nicht
> die Welt für dich:
> Ich und diese Worte.

Aber etwas für uns:
Das Lachen der Worte.

Und über die mit Rauhreif gepuderten
Wiesen schleicht schüchtern
der noch sehr blasse Frühling.

Und ein Brief von ihr aus Göttingen: Hey Guido!
Ich habe versucht, mich vor den Fragen zu verstecken, aber meine Fragen finden mich immer
sehr schnell wieder und lassen mich einfach nicht
in Ruhe. Doch niemand muß mir eine Antwort geben, auch Du nicht. Nicht verstehen – fühlen!
Nicht nur denken, sondern leben! Es wäre schön,
wenn es so einfach sein könnte.

Wenn Du hier wärst... Weißt Du, manche von
diesen Fragen sind wie gefrorene Gebilde aus Luft
und Licht. Sie glänzen und blitzen, aber wenn Du
sie zu lange festhältst, schmelzen sie zu Tränen...

Da kommen sie schon wieder, meine Fragen.
Also Schluß jetzt mit dem Schreiben, laß uns lieber
darüber reden, vis-à-vis. Ich werde mich freuen,
wenn Du kommst. Unterschrift: Rapunzel...
obwohl ich meine Haare abgeschnitten habe.

Absender: Märchenland, Hauptstraße, dritter
Turm von links.

Guido trampte von Goslar nach Göttingen. Nur
ein Stück die A7 in Richtung Süden, Ausfahrt
Dransfeld, noch ein kleines Stück bis zur Stadt,
und schon war er in Göttingen. Beim Theater hatte
er einen Taxifahrer nach dem Weg gefragt. Der
blätterte hektisch in seiner zerfetzten Stadtkarte,

wußte, es war ganz in der Nähe...

Guido fand den Weg zu Isabelle auch so. Ganz einfach, nur der Nase nach. Er war geflohen vor den kahlen Wänden seines Zimmers, in dem er nachts dem Mond mit seinen Blicken folgte, über die Giebel der Häuser hinweg, und tagsüber einzelnen Passanten auf dem Weg in die Stadt. Aber noch immer hatte er keine Ahnung von der Zukunft, der Wirklichkeit, die morgen kommen sollte. Sackgassen in seinem Kopf. Verkrochen hatte er sich wie eine Schnecke in den Windungen ihres Hauses, hatte gegrübelt, den Kopf geschüttelt: Unmöglich, nein, das kann nicht sein, sie und ich zusammen...

Jahrelang vergrub er jedes Wort im Schweigen seiner Enttäuschung, fragte sich nicht, wo er war, wo die Liebe, wenn die entfesselte Meute seiner Hoffnungen ihn überfiel. Was glaubte er nicht alles sein zu können, als ungezählt die Tage vergingen, Stunden, die er vergaß, als wäre es nicht sein Leben. Angst verdrängend, die Angst, die ihn verdrängte. Bis kaum mehr etwas von ihm übrig war. Lange Zeit. Gedichte aus dem Gully. Gullytier. Er konnte es nicht fassen: Ich und Isabelle, das ist ein Märchen, ich träume. Aber sieh hin, da ist sie wirklich und da bin ich... ihr aufleuchtendes Lachen.

Mit dem Geschmack des bitteren Kaffees auf der Zunge hätte er ihr von verschütteten Gedanken erzählen können. Gedanken, die Gänge durch ein Nichts bohrten. Höhlen in der Nacht, in denen er nichts mehr fand, niemanden mehr traf. Er hätte ihr von seinem Alleinsein erzählen können, in dem er sich die Zeit mit dem Ausmalen von Träumen vertrieb. Viel Zeit, ausweglose Zeit. Doch plötzlich schien diese Vergangenheit restlos vergangen zu sein. Er konnte es nicht glauben und berührte mit seinen Fingerspitzen ihre Stirn. Das Teppichfloß war auf einer Matratzeninsel gestrandet und über die Berge von Decken und Kissen wehte ihr Atem ihm verzaubernde Worte zu.

Und als er am nächsten Morgen in ihrem Zimmer erwachte - ihr Zimmer, als wäre es ein Versteck am Rand der Welt, ganz ohne Zeit, zählte er die Regentropfen an dem großen Fenster, Schaufenster zur Straße. Regentropfen liefen, rannen davon... Da kam sie, legte ihre Arme um Guido und hielt ihn, bevor sie ging, einen Augenblick fest.

Seit ein paar Tagen schwirrte eine Ballade von Puschkin in seiner Erinnerung herum, über einen armen Reiter in Blech gehüllt, dort, im Land der untergehenden Sonne, vor Jahrhunderten... über einen, der mit keiner Frau mehr sprechen wollte, nachdem er die Eine, Unfaßbare gesehen hatte, ganz einfach. Hier lagen unter dem Stuhl nur Zahnbürste und Handcreme, ganz einfach, und draußen auf der Straße regnete es mehr und mehr. Guido blieb im Bett, sah die Wirklichkeit im Traum, ganz einfach. Der Typ bei Puschkin hatte eine Vision, war erschüttert und schrieb mit seinem Blut ihre Initialen auf seinen Schild. Sein Visier schien zu klemmen, das Herz stand ihm in Flammen. Der eiserne Ritter blieb allein sein Leben lang, verlor kein Wort mehr, kurz gesagt: er wurde plemplem und hatte seinen Wahnsinn gegen allen Unsinn. Aber so war Guidos Wirklichkeit nicht: Er lebte nicht für eine Prinzessin und erstarrte auch nicht, als er Isabelle das erste Mal sah. Ein Regentag, und Guido blieb im Bett.

Am Abend in der Küche zeichnete Isabelle mit ernstem Gesicht einen lachenden Kater, der ein Bruder von Garfield hätte sein können, auf einen Einkaufszettel. Guido sah ihr zu. Sie war nicht mehr da. Sie war woanders, er wußte nicht, wo. Sie malte dem lachenden Kater eine Augenklappe und eine Zahnlücke in sein breites Grinsen und sagte: „Für mich ist Liebe nur die Rechtfertigung, dem anderen den Schmerz zuzufügen, den man an sich selbst nicht mehr erträgt. Weißt du, ich kann nicht lieben, nie wieder. Ich kann es nicht ertragen, daß du gibst, daß du nimmst. Laß uns einfach nur Freunde sein, okay? Ich kann die Liebe nicht erklären, will nicht, daß du sie mir erklärst. Fast hätten wir uns wieder verloren, in einem dieser sinnlosen Versuche uns festzuhalten. Es geht nicht ums Verstehen, und du kannst mir keine Antworten auf meine Fragen geben." Und sie malte dem Grinsekater ein gläsernes Schwert.

Er blieb allein am Tisch sitzen, trank Kaffee und war erschreckt von der Endgültigkeit, mit der sie das gesagt hatte. Rechtfertigung? – Und was für ein Schmerz? Ertragen? Was denn? Traumtänzer! Von der Straße sahen die Vorübergehenden herein. Irgendwann findet jede Frage eine passende Antwort, von ganz allein, ganz von selbst, da war er sich sicher. Guido aschte ins Waschbecken und der Kaffee wurde langsam kalt. Nach Mitternacht kehrte er zurück zu ihr, ging in das Zimmer, in dem sie schon schlief. Er legte seinen Kopf auf ihre Knie, belauschte das Flüstern ihrer Träume, ihren Atem, säuselnd in der Stille. Glanz eines Augenblicks. Ruhig war es in ihm geworden, und eins wurde ihr Mund mit seinen Lippen.

Das Licht der Straße ließ Schatten torkelnder Gestalten lautlos ins Zimmer fallen. Es war Nacht, morgen würde er Göttingen nach fünf Tagen wieder verlassen haben.

Noch einmal ging er neben ihr durch Göttingens Fußgängerzone, in der der Sommer erwacht war. Sonnenlicht umspielte ihre Nasenspitze. Sie drängten sich durch die Scharen von Menschen, die aus ihren Höhlen in strahlendes Sonnenlicht geströmt waren. Mit blassen, zerknitterten Wintergesichtern nahmen sie auf harten Stühlen ihre Positionen ein, um das Leben vorbeigehen zu sehen. Comme la vie passé! Guido schwebte fast wie auf einer flauschigen Wolke. Plötzlich ein Tritt. Beinahe wäre er umgekippt. Sie sah ihn an - Tigerlilly oder Gänselieschen? Scharfe Blitze in ihren Augen: „´tschuldigung, aber ich mußte es tun", lachte sie nur. Und er ging weiter, Schritt für Schritt neben ihr, Boden unter den Füßen.

In ihrem Zimmer schenkte sie ihm zum Abschied weiche Küsse bei *Lullaby Of Birdland*.

„Der Trick bei der ganzen Sache ist, zu akzeptieren, daß es nie wieder so wird, wie es war."

„Und es immer so ist, wie es ist", erwiderte er

ihr übermütig.

Da lachte sie auch schon wieder, war glücklich, so wie er. Lange noch brannten ihre Küsse auf seinen Lippen.

„Und kämm´ dir die Haare", rief sie ihm nach, kurz bevor er die Tür hinter sich schloß.

Guido zurück in Goslar. Das absolute Chaos. Sein Kopf, das Zimmer. Von vornherein und auf den ersten Blick, a priori und a prima vista, das Fremdwörterbuch zur Hand! Sein Zimmer. Umge-schmissene Aschenbecher. Das erste Bier und überall Klamotten, aufgerissene Schranktüren. T-Shirts, Socken, Jacken... Wo war nur seine kurze Hose? Im nächsten Augenblick drohte es zu kippen, in sich zusammenzufallen, als würde er ein Kartenhaus bewohnen - der nächste Augenblick könnte ihn verschütten, verschlucken. Doch die Wände standen still.

Apokalypse, Endzeit? Ende der alten Zeit. Neu beginnen, kein Früher mehr. Aus dem Chaos her-aus. Auf den ersten Blick. Dort der Tisch mit dem Stuhl, Bierflaschen, seine Hände, Füße mit ihm... Der Blick durch das Fenster. Ab und zu hetzte je-mand vorbei, um den Bus zu erreichen. Zwischen den Häusern der frisch gemähte Rasen mit den zwei Birken und dem Ahorn beim Sandkasten... Ein Blick, als hätte er es noch nie gesehen und nicht schon tausend mal. Neu beginnen, dachte er, a priori sein, mit dem ersten Blick. Schön wär´s. Einen Anfang machen. Anfang, da wo es nichts gibt? – Da ist er und da ist sie. Gegen die eingefressenen Überzeugungen eine Revolte anzetteln, festgefahrene Erfahrungen über Bord schmeißen, Erfahrungen, die so viel Reden von sich machen, aber nicht mehr fühlen lassen. Eine Platte auflegen und das Radio einstellen, Kerzen anzünden und durch die aufgebrochene Tür hinaus gehen. In die Badewanne, oder zum Teufel, oder einfach sitzenbleiben. Zigaretten im Aschenbecher zerdrücken, zuviele Zigaretten, denn noch immer brüllen die Löwen warnend vor dem Versteck, in dem sich das Liebespaar eng umschlungen hält. Daneben nur leere Räume, in denen die Angst umherjagt. Guido lief schon wieder davon. Er hatte gelernt, mit ihren Augen zu sehen: Niemand kann für einen anderen alles sein und keiner kann den Gefühlen Befehle geben. Er sah vertrocknete Blumen aufblühen, glühende Küsse in der aufgehenden Sonne glitzern. Da war der Anfang gemacht; der vom Ende vielleicht, ergänzten seine Zweifel. Erzitternd beim Atem der Einsamkeit. Weiter und immer weiter. Straßen vor den Augen, Städten zu, die eine Welt für sich waren: Paris, New York, Berlin, und Chicago. Weiter der Straße nach, von hier nach dort: Verglimmenden Sternen nach, denen seine Gedanken bewußtlos folgten, sie liefen davon.

Doch er begann neu mit ihr. Erzählte sich wortlos Witze, lachte, noch bevor er es erfassen konnte, und war schon wieder weiter. Isabelle war sicher schon auf Korsika. Er wiederholte: Zahnbürste - Badehose - Zahnbürste - Badehose... Stand auf und drehte die Platte um. Jazz At Massey Hall vom Mai ´53.

Sein zweites Bier. Er blieb im Takt: Nervöses Zucken kalter Füße, Bebop. Das Auf und Ab des Kopfes, *Perdido*. Er wußte, daß er etwas weiß, nur konnte sein Bewußtsein nicht herausfinden, was es war. Oder *Salt Peanuts*, mit Dizzy, Bird und Mingus.

Er wäre jetzt gern bei ihr gewesen. Wo auch immer. Ganz egal. *All The Things You Are*: Wirklichkeit, die ihm wie Traum erschien, ein alter Traum, der überraschend in das Kostüm der Wirklichkeit geschlüpft war.

Und los! Am frühen Morgen stopfte Guido seinen dicken Pullover in die gelbe Tasche zwischen Badehose und Schlafsack, trank schnell einen Kaffee in der sonnenüberfluteten Küche... Der Sprung über den Zaun des Vorgartens. Jetzt aber los, los!

Goslar, Astfeld, Langelsheim. Auf der A7 in Richtung Süden, vorbei an Göttingen, Kassel... Schon war er in Frankfurt an einer Autobahnauffahrt. Stehen und warten. Seine Zigaretten schmeckten nach Zwiebeln und seine Gedanken spielten mit den gesalzenen Erdnüssen in der Tasche. Er trampte weiter und war um halb neun am Abend schon an einer U-Bahnstation in München. München, er fuhr darunter hindurch.

Die Fernfahrer sagen, wenn sie fahren, daß sie fliegen. Guido hoffte auf einen Nachtflug nach Italien...

Die Tagestemperaturen aus dem Radio: In Nürnberg und München 6 Grad Celsius - und das im Mai! Dann Regen, aber Guido blieb trocken. Glück gehabt. Und um Mitternacht stand er schon auf einem Parkplatz an der still gewordenen Autobahn in der Nähe des Gardasees. Tief vergrub er seine Hände in den Hosentaschen. Zum Hinsetzen oder Schlafen war es zu kalt. Frierendes Auf- und Abgehen. Kälte, die sich in seine Waden biß. Dazu sang er seinen Blues, den vom *Lonesome Traveller*, den von einsamen Nächten und schneidender Kälte. Auf und ab. Doch da, die Sonne! Langsam kletterte sie hinter den Nachtschattenbergen hervor, schwebte wie ein praller, gelber Luftballon empor.

Vorbei an Verona, Parma und Bologna, Firenze und Pisa, schon war er in Livorno. Hatte es geschafft, aber der Mann am Schalter für die Fähre nach Bastia sagte: „Today nothing."

Guido mußte warten, warten... Er war müde, nein, nicht so wie immer: In seinem Kopf dröhnte es, als wollte er auseinander brechen, zerplatzen wie eine Seifenblase. Ein grobes Flimmern verwischte alle Konturen. In einer leichten Brise schaukelten die Fransen des Sonnenschirms. Er biß sich in die Finger, um wach zu bleiben, erzählte sich Geschichten über eine fliehende Freiheit, die sich in keine Statue pressen lassen will. Ruhelos treibt sie umher, treibt sich durch die Leere, die Freiheit auf der Flucht vor jeder Definition, die Freiheit, die mit dem Lachen durchbrennt, die die schmalen Gedankengänge durchbricht...

Als die Sonne am Morgen über die Berge gekrochen war, hätte Guido sie küssen können, glücklich und verfroren. Jetzt mußte er sich vor ihr verstecken, hatte sich den Mund verbrannt und einen Sonnenstich geholt.

Wohin mit der Zeit, in der er stillsitzen mußte? Hinter ihm surrten trocken die Tiefkühltruhen. Die Uhr an der Wand zeigte gewissenhaft 17:33. Es zog durch geöffnete Türen hindurch, zog an ihm vorbei, er mußte warten, warten.

Ein plärrender Säugling im Kinderwagen - Bambino? Bambina? - heulte wie eine Sirene. Mehr und mehr Leute versammelten sich in der Caféteria, setzten sich an die Tische mit den karierten Plastiktischdecken. Alle mußten warten. Blicke durch ihn hindurch, seine Blicke daran vorbei. Guido lief schon vor, blickte vorsichtig über den Rand der Gegenwart in die Zukunft wie in einen leeren Topf. Vorsichtig, denn er hätte fallen können. Wo war die Wirklichkeit und wo der Traum? Schon sah er sich wie eine Schildkröte am Strand liegen oder barfuß wie ein Strandläufer durch die Gischt tänzeln. Es rauschte zwischen seinen Ohren, als er mit dem Meer verstohlen Worte wechselte. Die Sirene im Kinderwagen übertönte auch das.

Vor der Tür setzte er sich auf die weißen Marmorstufen ins Licht der untergehenden Sonne. In seinem Fieber warf er Netze aus Worten aus, in denen sich seine stolpernden Gedanken verfangen sollten: Vielleicht sollte ich mich heute nacht mit Cappuccino besaufen, Cappuccino saufen, bis ich Kakapputschino lallen werde... Die sanfte Brise tanzte durch die krummen Verladekräne des Hafens in sein brennendes Gesicht. Verschollene Gefühle und Vertrauen finden, alte Schätze ausbuddeln, zwischen den Kopfschmerzen hindurch, hinter der heißen Stirn... Er wollte so sein, wie er sich fühlte, der sein, für den er sich hielt, doch er traute der Hoffnung nicht über den Weg. Zurück in der Caféteria, sah er sein Gesicht überraschend im Spiegel hinter der Theke, zwischen den aufgereihten Flaschen, und aufmunternd lachte er sich zu.

Endlich: Der nächste Tag. Mit der Fähre in vier Stunden von Livorno nach Bastia, von Italien nach Frankreich, Korsika. Guido trampte über Calvi nach Galéria. Zuerst hatte er es immer wie Galeere ausgesprochen, mit der rauhen Stimme eines Sklaven geraunt. Aber eine Französin, die ihn ein Stück im Auto mitnahm, sprach den Namen so weich aus, daß vor seinen Augen die flauschige Sahne eines Vanillepuddings aufstieg.

Goslar - Galéria: zwei Tage und neun Stunden, mit einer Zwangspause von 19 Stunden in Livorno. Warten und Fliegen. Jetzt erst fragte sich Guido wie er Isabelle finden sollte, er wußte ja nur, daß sie auf Korsika war.

Am Strand sah er den Gladiatorenkämpfen der Fliegen auf seinen Turnschuhen zu. Oder waren das ihre Liebesspiele in der Spannung vor dem nächsten Regen?

„Ich bin ein Regenmacher, sollte nach Afrika in die Wüste gehen", erzählte er den zwei Norwegerinnen aus Oslo. Am frühen Abend, auf der Suche nach einem Unterschlupf für die Nacht, war er am Strand an ihnen vorbeigegangen. Eine halbe Stunde später waren sie in dem kleinen Café auf ihn zugekommen, setzten sich an seinen Tisch, und die eine sagte: „Ich glaube, wir wohnen auf derselben Straße."

In der Nacht versteckte Guido sich mit ihnen in einer Felsnische vor dem Regen. Am nächsten Morgen, als sie zurück ins Café flohen, sagte die eine mit leuchtenden Augen zu ihm: „Du kannst lange Zeit allein gehen, wenn du willst, aber dann wachst du plötzlich auf, jeder wacht einmal auf! und willst nicht länger allein frühstücken..." Guido sah sich schon in einem Zimmer in Oslo, frühmorgens, sah sich auf die Straßen einer grauen Regenwelt blicken, in die sie nicht hinaus mußten. Ihre Adresse steckte er in eine Streichholzschachtel... Und sie gab ihm einen Kuß zum Abschied.

Allein am Strand, fiel er in einen dämmrigen Halbschlaf, sah etwas aus dem Meer steigen, platt kroch es auf dem Bauch durch den Sand, kletterte auf einen kargen Baum und flog in das blanke Blau des Himmels, direkt zur Sonne. Es verbrannte augenblicklich und rieselte als Ascheregen zurück auf die Wellen. Guido wachte auf und legte sich in den Schatten.

Am Abend saß er wieder in dem kleinen Café, saß stumm vor einer großen Schale nachtschwarzen Kaffees. Schon hatte der Himmel die gleiche Farbe. Herzschlagwellen. Salz in den Augen und Wasser in den Ohren. Mund zu. Weiß nicht, wo ich Isabelle suchen soll, weiß nicht, ob ich nach Norden oder Süden trampen soll, hin oder her... der Küstenstraße folgen...

29

Eine Armee schwarzer Ameisen krabbelte im Gänsemarsch durch den Sand, über eine versteinerte Welle hinweg. Die wußten genau, wo es langging. Er hob seinen Blick zum Horizont und wäre gern glücklich gewesen.

Am Ende des folgenden Tages kam Guido nach Porto. War mit ein paar Schritten durch den Ort. Wollte nicht lange bleiben, obwohl er noch immer nicht wußte wohin. Ratlos setzte er sich auf eine Mauer dicht am Meer und kaute einen trockenen Rest Baguette. Hinter ihm das monotone Platschen der Wellen, zu dem nachts seine Träume mit der Freiheit tanzten. Die Angst trieb wie ein Papierboot auf diesem gluckernden Meer, bis sie versank. Er hatte das Gefühl, daß die Sonne sein Gehirn schrumpfen ließ. Seine spröden Lippen schmeckten nach Salz und zwischen den Zähnen knirschte der Sand. Schon wurde es kalt. Die Schatten der Berge schlugen ausgestreckt in die Brandung. Er stand auf, zog sich seine lange Hose an. Der Pullover lag griffbereit oben in der Tasche. Also weiter, den Hang hinauf zur Hauptstraße, D 81. Da kam sie auf ihn zu und erkannte ihn zuerst gar nicht. Da, Isabelle, neben ihrer Freundin, die gerade versuchte, sie aufzumuntern, ihr erzählte, daß es hübsche Jungs doch überall gäbe, den da zum Beispiel... und sie zeigte auf Guido, der den beiden langsam und grinsend entgegenkam.

Er kam sich wie der Mann im Ausguck eines Piratenschiffs vor, oder wie ein erster Weltumsegler, der mit zusammengekniffenen Augen über das Wasser blickt und plötzlich schreit...

Nach einer unbequemen Nacht zu dritt in einem Zweimannzelt, in das sich dazu ein aufdringlicher, schwarzer Köter, der auf Black Jack hörte, zwängen wollte, trampte Guido allein weiter. Isabelle hatte ihm schonend beigebracht, daß es so nicht weitergehen konnte, mit leidendem Gesichtsausdruck, der sagte: Ich kann nichts dafür. Dieser Urlaub mit ihrer Freundin war lange geplant. Mit dieser Freundin, die jetzt ziemlich wütend dreinschaute und kein Wort mit Guido sprach.

Der Nachmittag vor Piana an der D 81. Er trampte weiter, stand am Rand der Straße: Kieselsteine, dahinter die Berge, die sich in aufgebauschte Wolken pieksten. Der Wind durchwühlte die Haare und ein bitteres Lachen huschte wie ein Schatten über sein verbranntes Gesicht.

Vor einem kleinen Straßencafé in Ajaccio saß er bei einem Café Grand auf einem Plastiksommerstuhl und sah in die vorbeifahrenden Autos, erinnerte sich an die gelben Blütenblätter, die die untergehende Sonne gefangen hielten, an die Schwalben in den Klippen, das Zittern seines Körpers beim Flüstern ihrer Stimme. Sein Leben in Wiederholungen. Variationen zwischen Nein und Ja, Für und Wider. Katzundmausspiel in aufgestellten Vergleichen. Den Gedankenkomplex in die Bewußtlosigkeit kullern lassen. Es schlucken, runterschlucken wie den Kloß im Hals.

Bezahlen und weitergehen. Tasche, Schlafsack. Aufstehen und gehen. Wiederholungen mit dem Sand am Meer vermischen. Hier und da, Tag und Nacht, am Strand, mit dem Meer allein, weit unter dem Oben und nicht immer fest auf dem Unten. Oder dann, an heißen Tagen, wenn alles schwitzt, und sich die verfilzten Hunde gelassen sogar auf den befahrensten Dorfstraßen räkeln.

Die fleckige Hauswand zwischen den geschlossenen Fensterläden. Abgeblätterte Farbe. Und Guido konnte nicht weg, nicht einfach verschwinden. Er wartete, wartete doch. Und in seinem Kopf wirbelten alte Fragen: Hab ich denn nichts dazugelernt, worauf warte ich? – Begegne ihr mit Herzklopfen, als wäre ich fünfzehn... Freies Leben? – Zum Lachen... mit dem Wind über das Wasser fliehen, weg, aber ich warte, sitze fest.

Auf einer Parkbank unter Palmen stopfte er Würfelzucker in sich rein, hielt sich so bei Laune. Wieder die Berge, graue Schatten, wie ausgeschnitten und auf den roten Himmel geklebt. Dunstig trübe Befürchtungen, die ihm durch die aufgerissenen Augen schlichen. Er, sich mehr und mehr durch ein beharrliches Schweigen bohrend. Befürchtungen, die er sich nicht ausmalen wollte. Seit langem hatte Guido den Mond nicht mehr gesehen, nicht einmal ein Stück davon. Konnte nicht heulen. Er war doch der Wolf - oder nur ein armer Köter.

Seine Hände rochen nach Zigarettenrauch. Es fing an zu nieseln und er traf Isabelle in Ajaccio wieder. Ihre Freundin zog mit einer Gruppe von Bergsteigern laut lärmend weiter zum Strand, um bei Sonnenuntergang, eine Flasche Rotwein zu köpfen. Isabelle und Guido gingen in das Café an der Ecke. Die Autos schepperten gefährlich dicht an den Tischen unter der Markise vorbei. Sie erzählte ihm wie es gewesen war, als sie wieder allein in Göttingen war: „In der Nacht brüllte das Untier, es fauchte und biß, schlug mit seinen großen Tatzen um sich, kratzte. Der Zweifel überfiel mich. Ich saß regungslos im dunklen Zimmer, dachte, zweifelte. Die Woche, in der du da warst, breitete sich vor mir aus und ich sezierte sie, zerlegte sie in kleine Gedankenstückchen. Ich hörte noch deine Worte und sah die schönen Augenblicke, das, was du Liebe nennst. Es zerfiel zu Zweifeln. Ich habe versucht, es zu verscheuchen, dieses Gespenst aus zusammengesponnenen Ängsten. Es tanzte vor mir, erschreckte mich. Und ich verzweifelte an meinen Zweifeln. Ich will nicht von irgendwem oder irgendwas abhängig sein. Auf der Strecke über Kassel, München, Kufstein... Dann in der Toskana, zwischen den grünen Hügeln im Regen stehend, es hat wirklich die ganze Zeit nur geregnet, an so einer schmuddeligen Imbißbude, machte es ganz plötzlich Klick in meinem Kopf und alles war ganz einfach. Ich mußte lachen über meine Dummheit. Weißt du, ich brauche dich nicht. Du bist nicht mein Ein und Alles. Du bist viel, aber ich lebe auch ohne dich. Es ist schön, daß du da bist, daß du trotzdem irgendwo da bist, selbst, wenn ich nicht weiß wo. Es ist verdammt schön, daß du auf dieser Welt bist, und unter dir die gleiche Erde ist und über dir der gleiche Himmel. Du bist in meinem Kopf, in meinem Bauch, und es ist schön, daß du ein bißchen durch meine Augen siehst und durch meine Hände fühlst, weil ich an dich denke, weil du an mich denkst. Weißt du, ich liebe dich, aber ich brauche dich nicht. Selbst, wenn du in Australien in einem Haufen schielender Känguruhs sitzen würdest und wir uns nicht mehr sehen würden, wäre es schön. Es ist so einfach. Jeder muß sein Leben leben. Aber das ist alles nicht so wichtig, denn in den Gedanken bin ich doch bei dir, und du bist bei mir."

Da kam ihre Freundin mit der Bergsteigermeute zurück, auf der Suche nach einem Supermarkt, um eine neue Flasche Wein zu besorgen und Isabelle lief hinterher.

Wie, fragte sich Guido, es ist ganz egal wo ich bin, wo sie ist, und wir sind doch zusammen? Romantik einer unglücklichen Liebe, Liebe, die nur Liebe ist, weil sie aus unerfindlichen Gründen nicht gelebt werden kann, ein wehender Schleier? - Ich, so wie ich bin, und sie, so wie sie ist, nicht zusammen, und doch verbunden? Ich müßte gehen, weggehen. Vielleicht nach Bonifacio oder weiter nach Sardinien, irgendwohin, ganz gleich. Nichts würde sich ändern? Nichts, denn es wäre ja nicht aus der Welt... Unser Zusammensein, nur zufällig, sporadisch...

Kauderwelsch lag ihm auf der Zunge. Darauf war er nicht gefaßt. Warum wich sie ihm aus? Er wollte ihr begegnen können, mit ihr gehen, und sie würde ihn verstehen, ohne daß er ein Wort verlieren müßte, der Träumer.

Sie erzählte ihm von ihrer Liebe, die unerfüllt und unverständlich bleiben muß, damit es wirkliche Liebe wäre. Alles wollte sie erzählen können, und er sollte es verstehen, nicht, um ihr Antworten zu geben, nicht, weil es um das Verstehen geht, sondern, weil es so sein muß, so ist, endgültig, die Liebe... und wenn man nicht weiß, was die Liebe ist, fressen einen die Löwen mit Haut und Haaren.

Die Nacht verbrachten sie am Strand, Schlafsack neben Schlafsack, die Reißverschlüsse bis unter die Nasenspitzen gezogen.

Isabelle und ihre Freundin fuhren mit dem Zug nach Bastia. Die Bergsteiger waren mit dem Flugzeug zurück nach Frankfurt a.M. geflogen. Guido stand an der N 197. Ein blauer Himmel wie das Meer, ein blaues Meer wie der Himmel. Seine verbrannte Haut und die salzigen Lippen. Augenblick, aufblitzend, und die Traurigkeit am Abend, die wie ein Stein durch die Wellen sank. Die Traurigkeit, die dazu gehörte!

Kurzer Aufenthalt in Corte. Keine Küste, keine Karte, nur die Berge und der Himmel. An der Straße trank Guido einen Milchkaffee im Stehen, kaufte ein neues Päckchen Zigaretten, Gitanes maïs sans filtre... Und weiter ging es mit einer blauen 2CV, die Kurbel serienmäßig dabei. Ein Franzose aus Rouen scheuchte die Ente in einem wilden Slalom durch die Serpentinen. In Guidos Kopf tobten wildeste Unwetter, phantastische Katastrophen, in denen nur ein flatternder Schatten von ihm übrig geblieben war. Was wäre, fragte er sich, wenn ich mich nach Marseille absetzen würde, mir im Hafen einen Job suchte, auf einem Schiff anheuerte, vielleicht sogar die Erde umrundete, weglaufen würde, aus dieser Geschichte? Aber, würde mich dieses Gefühl, es nicht zuende gelebt zu haben, nicht auf Schritt und Tritt verfolgen... Nein, jetzt will ich es wissen, will wissen, wie es weitergeht... ausgeht, irgendwann.

Er war vor dem Zug aus Ajaccio am Bahnhof in Bastia. Isabelles Freundin war ganz rot im Gesicht vor Wut, als sie ihn schon wieder sah, oder hatte sie nur einen Sonnenbrand?

Ein plötzliches Aufblicken. Gedanken, die wortlos in einer Schwebe hängen blieben, Ameisen im Sand, die niemals schliefen. Guido schlug sich die Nacht um die Ohren wie ein nasses Handtuch, hockte unter einer Brücke am Rand der funkelnden Stadt. Isabelle zersägte ihre Träume im Schlafsack mit lautem Schnarchen. Die Ameisen krabbelten durch sprödes Gras über seine Schuhe, krochen weiter an den Beinen zum Saum der Hose. Er rauchte eine nach der anderen, um die Mücken zu vertreiben. Die Ameisen ließen sich nicht stören, sie schliefen nie. Sein zukünftiges Motto, gefunden wie einen neuen Stern in dieser ersten Juninacht: Es ist wie es ist, ist wie immer, wie schon so oft und, selbst wenn es anders wäre, wüßte ich sicher nicht wohin.

Letzte Nacht für Isabelle und Guido auf Korsika. Letzte Nacht für einen der vergaß, wo er wirklich war. Der Freibeuter in der Karibik? Flöhe im Pelz. Nacht, in der er unter einer Brücke die im Wasser funkelnde Stadt belauerte. Hier ist der Anfang. Knarrend werden Türen geöffnet, Türen, irgendwo. Dann ist es wieder ruhig. Vollkommen ruhig. Ab und zu ein Kratzen. Ameisen schlafen nie. Die Nacht beginnt zu dröhnen in ihrer Stille. Aber weiter. Leben ist Leid. Erste buddhistische Wahrheit. Schokoladenpudding. Bierfahne. Es ist... aber die Ameisen... wie es ist... und weiter... ist immer ein Ganzes, in sich... Guido konnte nicht schlafen, schlug sich die Nacht um die Ohren... und überraschend rettete ihn die Aussicht auf einen Milchkaffee am Morgen.

Die Plätze in grellem Licht, tagsüber. Eine Regenbogenmachmaschine und streunende alte Männer mit schmunzelnden Gesichtern. Drei mit Mütze, einer mit Hut, und der fünfte hat eine Glatze, die in der Sonne glänzt. Parkbänke von touristisch bunten Sonnenanbetern überfüllt. Der Rasensprenger wirft kleine Regenbogen in Ringen aufgereiht in den Tag. Entführte Ameisen aus Guidos Tasche schleichen sich davon. Blendend heller Tag. Das aufgerissene Maul der Fähre gähnt gelassen. Warten. In seinem Kopf sponn sich ein Abenteuer in eine andere Geschichte. Wilde Bestien, die nur er zähmen konnte, flatterten schemenhaft vor seinen Augen. Und nachdem er die Ungetüme aus der Tiefe des Bauches bezwungen hatte, würde er zarte Berührungen mit der Traumfrau wechseln, und ein Happy End wäre greifbar nahe. Wieso Ende? Aber wer schreibt im Dschungel schon Gedichte?

Sie lachte –

Gedichte über ihr Lachen?

„Mach´ dir nichts draus", sagte sie, neben ihm sitzend, „denk´ nicht so viel darüber nach. Es geht weiter, kein Weltuntergang."

Nur verzweigte Sackgassen, fügte er, stumm und zweifelnd, für sich hinzu, dachte: Ende, doch schon - ich sollte mich davonschleichen, nichts riskieren, nicht versuchen diesen Traum zu leben... doch wie von selbst träumt er sich weiter, nur Mut...

„Geh´ in die Sonne, ciao", rief sie ihm zu, und war schon durch einen der Regenbogen.

Guido blieb im Schatten sitzen, in sich jedes Wort belauernd: Kein Happy End. Nur Anfang, immer noch. Nicht darüber nachdenken, mach dir nichts draus, nicht zuviel, vor allem nicht das, was es nicht ist. Wer schreibt im Dschungel schon Gedichte? Wie bei einem Pullover... gesponnen, gestrickt und zugenäht. Oder verflixt und zugenäht?

Die Sonne schlich sich an ihn heran, als er das Thema aus dem *Concierto de Aranjuez* pfiff. Doch noch immer warten. Geschmolzene Schokoladenkekse. Stunden später erst hieß es: Die Krümel von der Hose schütteln und ab auf die Fähre, noch einmal gegen den Wind spucken und ein Valet für Kalliste flüstern.

„So, das war´s", sagte sie im aufkommenden Fahrtwind neben ihm. Die Insel kroch über den Horizont, machte sich davon. „Da, siehst du die Schaumkronen?", fragte sie ihn, „es sieht so aus, als hielten sie sich nur mühsam auf den großen Wellenbergen, Sekunden nur, dann tauchen sie wieder unter in die Tiefe einer anderen Welt, der Welt, in der die kleine Meerjungfrau vor dem mächtigen Palast ihres Vaters in ihrem kleinen Garten die Seerosen pflegt. Gespannt erwartet sie den Tag, an dem sie das erste Mal auftauchen darf. Kennst du das Märchen? Eines meiner liebsten... Früher habe ich oft dabei geheult und war wütend auf den blöden Prinzen, der nix kapiert hat, dabei hätte er alles haben können, denn wer wird schon von einer Meerjungfrau geliebt? Ich würde gern wissen, an welchem Punkt der Geschichte sie jetzt gerade in diesem Moment sind. Ich denke, die kleine Nixe sitzt träumend in ihrem blauen Garten, durch den das blaue Licht flimmert, und still hoffend sieht sie auf ihre blauen Seerosen. Ach, ich mag sie so sehr. Seelenverwandtschaft vielleicht. Laß uns auf das Sonnendeck gehen, damit wir weiter auf das Meer hinaussehen können, vielleicht ist ja gerade heute ihr großer Tag.‟

Zurück in Livorno. Abschied an der Reling. Isabelle verschwand im Bauch des Schiffes. In dem Wagen, der sie nach Göttingen mitnahm, war kein Platz mehr frei für Guido. Er ging über den Landgang, trampte, und es dauerte nicht lange bis ihn ein Italiener mit verspiegelter Sonnenbrille mitnahm. Bei Sonnenuntergang war Guido schon an einer Autobahnausfahrt bei Firenze. Eine glitzernde Blechlawine donnerte hektisch über den Asphalt, so als käme sie noch heute in das Paradies der goldgerahmten Wolken, die wie eine schwere Halskette um die Sonne hingen. Aus braunschwarzen Abgasschwaden erhob sich wieder die Nacht. Leere Nacht für ihn.

Bei Bologna, hinter dem Häuschen einer Mautstelle, verkroch er sich im Schlafsack, floh in einen leichten Schlaf, die Welt gleichgültig sich selbst überlassend.

In Kassel. Ostinato mit Zwiebackkrümeln auf der Wachstuchtischdecke. Küchentisch. Wieder Stuhl und Tisch zwischen vier Wänden. Mit dem Gesicht zum Fenster. Wieder Regen. Es war einmal - und wenn da gar nichts war? Ameisen und die Gedichte im Dschungel, die niemand schrieb. Gänsehaut und Sonnenbrand. Vollgestopfter Kopf. Bilder. Landschaften. So! Das trockene Gras unter den Schritten brach. Da, wo es begann. In der Endlosigkeit. Amen. Immer wieder. Wie schon so oft. Schützenfestmusik.

Gedanken zu kaltem Kaffee und der Unterhaltung aus dem Radio, während Guidos Schwester durch die Wohnung fegte. Er saß in der Küche und begegnete in Gedanken Isabelle, erschreckt durch den leeren Raum dazwischen, in dem er sich alles nur vorstellte. So ist das Leben. Vielleicht auch nicht, dachte er, es könnte ja auch ganz anders sein. Warum nicht?... aber das weiß ich erst, wenn ich es erlebt habe. Ich hänge fest in mir und an dem, was ich erlebt habe. Was weiß ich? von mir? von ihr? Daß ich sie wiedertreffen werde, vielleicht sogar mich. Nichts Festes, nur vage Vorstellungen. Nichts Faßbares, nichts zum Festhalten.

So war es, und im nächsten Moment schon wieder nicht. Aber die Traurigkeit, Traurigkeit am

Abend, die gehörte dazu. Der am Morgen verblaßte Traum in Schatten gehüllt, in Wirklichkeit. Und er versuchte nicht einmal mehr zu entkommen. Schwirrende Illusionen, die sich behaupten wollten, verrückt und unbedacht. Die Motten flogen in flammendes Licht. Die bunten Wäscheklammern an der roten Leine, im grauen Regen, hätte Guido jedoch fast übersehen... Und in seinen Händen hielt er Legosteine, mit denen er im Kinderzimmer seines Neffen Burgen baute, kleine Häuser in bunten Städten. Unruhe. Die Flöhe im Fell froren.

Zurück in Göttingen malte er sich die leere Höhlung seines Kopfes mit Fingerfarben aus. Und das war nicht die Art von Freiheit, von der alle sprachen, wenn sie mal das Fenster öffneten. Zerbrochene Perspektive. Die Zeit spülte weiter Tage zur Sonne, Nächte zum Mond, die kurzen Augenblicke in alle Ewigkeit.

In ihrem Zimmer fand Isabelle einen Brief von Mister Monday aus Korsika und erzählte Guido: „Der heißt wirklich Montag, wie Freitag. Ich habe ihn in Galéria getroffen, einer von den Bergsteigern. Ich weiß nicht, ob wir vom Wein, dem Meer, oder dem Himmel betrunken waren. Da oben türmten sich die Wolkenberge gigantisch bis hinunter zum Horizont. Schüchtern blickte ein rot gewordenes Stückchen Himmel hervor, doch nur, um gleich wieder zu verschwinden. Es schien, als wolle der Himmel diesen Sonnenuntergang für sich behalten. Vielleicht spielten sie Fangen dort oben, oder Huckekästchen, Sonnenkind und Mondkind.

Die forschenden Blicke der Leute hier auf der Erde störten dabei nur. Weißt du, auch die Himmelskinder brauchen manchmal ihre Ruhe. Ich liebe diese Augenblicke, in denen ich nicht mehr unterscheiden kann, ob ich träume oder nicht, in denen der Boden unter den Füßen wackelt und ich mich festhalten muß, um nicht davonzufliegen. Einfach ein Himmel, unter dem die Menschen wie uralte Freunde sein mußten...``

Sie wollte allein sein, einen leeren Raum um sich haben, mit dem Rücken auf dem alten roten Sofa liegen, nicht mehr denken, nicht mehr reden, nicht mehr funktionieren müssen.

Doch, um noch weiter zu trampen, war es zu spät. Er blieb. Sie ging ihm aus dem Weg. In ihm brodelte eine Stimmung wie beim letzten Weltuntergang. In ihren Augen explodierten Galaxien, bevor sie für den Rest der Nacht verschwand. Verwirrt suchte sie nach Streichhölzern. Die Zigarette blieb an ihrer Lippe kleben. Sie mußte lachen, fragte ihn: „Gibt es eigentlich besondere Regeln beim Küssen eines Brillenträgers?`` - Er wußte es nicht, fand keine Worte mehr, sagte nichts. Alles war möglich im nächsten Augenblick. Auf den Teppich gehockt, mit dem Rücken zum Fenster. Ein Anfang, das Ende?

Durch die offengebliebene Tür schlich nur die Katze. Guido spielte mit ihr bis sie kratzte. Nur ein Spiel? Eine merkwürdige Geschichte, in der ihm Verwunschenes erschien, Statuen aus dem altägyptischen Reich, die in einem wilden Tanz zwischen aufblitzenden Leuchtreklamen die Teetasse umkreisten. In ihm eingefrorenes Geheul, lauernd auf den nächsten Tag. Die Insel lag da wie ein anderer Stern. Vor den Augen Leere, sonst nichts. Der Augenblick erschien ihm endlos, und er war mittendrin wie gebannt... Aufwachen!

In der Nacht träumte Isabelle von verkrüppelten Händen in einem dunklen Tunnel. Sie, panisch bei dem Versuch, Kuscheltiere zu retten. Aber selbst, wenn er in diesem Traum starb, denn so deutete sie diesen Traum, als sie ihm am Morgen in der Küche davon erzählte, würde er weiter leben.

Er fühlte, daß er gehen mußte, nicht bleiben konnte. Sag mir nie, was morgen sein wird - es ist anders! Durchsichtige Mauer. Er mußte verschwinden. Doch: Samsara, das Ostinato der unruhigen Finger an der Kaffeetasse. Da capo, vielleicht, später einmal. Sie warf einen Schleier verträumter Liebe um sich, verhüllte sich und war wie durch einen Zaubertrick nicht mehr zu finden, war am Strand von Galéria.

Ein paar Tage später kam sie zu ihm und brachte Unordnung in seine Schlußfolgerung, daß das schon das Ende gewesen sein mußte. Geschlossene Räume, in denen er hin- und herdachte und keinen Ausweg fand. Ihre Küsse fraßen sich in ihn hinein, durch ihn hindurch. Er stellte sich die Frage: Doch ich?

Vor dem blanken Spiegel im Bad blieb er stehen, nur um zu sehen, wie er sich sah: „Spieglein, Spieglein an der Wand, wer ist der Dümmste im ganzen Land? – Ach wirklich, so sehe ich jetzt aus? Eigentlich immer noch wie ein Frosch. Viel-

43

leicht hätte ich mich gar nicht wiedererkannt, wenn ich mir zufällig auf der Straße begegnet wäre …"

Schließlich gab es keine Traumfrau mehr. Nicht in dieser Zeit, in der ihn ein kreischendes Telefon, ein leiernder Plattenspieler und das Hämmern der Handwerker in der Wohnung nebenan noch wahnsinnig machen würden. Und doch hätte er sich nicht gewundert, wenn Isabelle augenblicklich, von ihren Nebelschwaden begleitet, wieder an der Tür klingeln würde, sich stürmend Zutritt verschaffte, um ihn zu rauben. Kissenschlacht. Umgekippte K-Akt-ÜSSE! Danach die Stacheln im Kissen. Blumenerde auf dem Teppichboden. Von den Nebelschwaden verfolgt, würden sie an der Imbißbude vorbeireiten, er, auf den Gepäckträger des rosa Fahrrades geschnallt. Ein Polizist würde kommen und sagen: „Das ist verboten" - „Schön und gut", würde Guido sagen, „aber sie ist ein Raubritter." Sie würde brüllen wie eine Katze, die träumt, ein Tiger zu sein. Oder sie würde an heißen Tagen einen Regenschirm aus einer Colaflasche zaubern und das folgende Gewitter wäre der Applaus.

Guido machte Pläne für eine Zukunft, an die er kaum glauben konnte. Eine Zukunft mit ihr. Doch vergiß das Lachen nicht und schnapp dir den Augenblick, sagte er sich, den Augenblick! Die Worte fielen lautlos in die Leere. Er folgte ihrem Echo und berührte mit den Fingerspitzen den Horizont. Vergiß das Lachen vor allem nicht. Es ging weiter und Guido ging mit.

Nach New York (The Melting Pot)

Isabelle war seit einer Woche bei ihren Eltern in Washington D.C. Guido war auf der Bundesstraße 6 nach Hannover getrampt. Er hatte gehört, von Hannover aus gäbe es Stand-by Flüge nach New York. Guido wollte sich erkundigen und kam nicht auf die Idee, zum Telefon zu greifen. Am Flughafen Langenhagen erklärte man ihm, daß es Direktflüge nach New York von Amsterdam und London gäbe, aber doch nicht von Hannover. Also ein Witz: Langenhagen - John F. Kennedy.

Später am Hauptbahnhof, in einem leeren Abteil des Nahverkehrszuges nach Goslar, saß ihm plötzlich Petra gegenüber, die ihn ein paar Stunden zuvor von Hildesheim nach Hannover mitgenommen hatte, saß da und grinste ihn an.

„Und, hast du deinen Flug nach New York gekriegt?"

„Muß von London oder Amsterdam aus fliegen. Von Hannover käme ich mit Zwischenlandung vielleicht irgendwie hin, wäre aber zu teuer. Und, was ist mit deinem Wagen?"

„Ist ja nicht mein Auto, habe es nur für einen Freund nach Hannover gebracht..."

Der Zug hatte Hannover kaum verlassen, als Petra ihn fragte: „Hast du nicht Lust auf ein gemütliches Abendessen. Ich habe zwar nur noch Spaghetti, aber wir könnten es uns richtig gemütlich machen?"

Guido nahm ihre Einladung an, stieg in Hildesheim aus und blieb über Nacht bei ihr. Auch am nächsten Tag blieb er in Hildesheim und fuhr erst am Abend zurück nach Goslar, um seine Sachen zu packen.

Am frühen Morgen des 27. Juli stand er wieder an der B6. Jemand hatte einmal gesagt, daß auch die weiteste Reise mit einem kleinen Schritt beginnt, daß dieser Schritt aber so klein und banal sein konnte, hätte Guido nicht gedacht. Er trampte: Ausfahrt Baßgeige, Salzgitter Bad, Haverlah, Hildesheim. Das Wetter wechselhaft. Er traf Petra wieder, Petra aus Hildesheim, um mit ihr nach Amsterdam zu trampen.

Schon am nächsten Tag, abends gegen halbacht, waren sie in Amsterdam.

Petra nervte Guido mit ihrem permanenten Gerede, fragte mit einemmal: „Was willst du denn in New York, hier ist es doch auch schön, oder? Tausch doch endlich deine Travellerschecks ein, dann suchen wir uns ein ruhiges, schickes Hotel, bleiben ein paar Wochen und lassen es uns so richtig gutgehen..."

Guido konnte es kaum glauben, dachte es wäre klar gewesen: Er würde einen Flug nach New York nehmen und Petra würde zurück nach Hildesheim fahren. Aber Petra drehte langsam durch, schrie auf dem Bahnhof einen Typen an, der sie kurz ansah: „Was glotzt´e denn so, du Macker!" und klammerte sich an Guido, wich keinen Augenblick von seiner Seite. Es hätte nicht viel gefehlt und Guido hätte Prügel gekriegt.

Nach einem verregneten Tag und einer Nacht auf der Straße, dunkel wie in einem geschlossenen

Kühlschrank, Dröhnen des Motors und der Pumpe, Frigen in den Adern, war er vollkommen entnervt und übermüdet. Nur noch Regen. Der Regenschirm war das einzige Dach über seinem Kopf. Er hockte auf seinem Rucksack vor einer Gracht, hatte die Knie fest an die Brust gedrückt und fiel in einem leichten Schlaf als Regentropfen in das träge braune Wasser. Oberflächen... Er hinterließ einen Ring, eine kleine Welle. Für einen Moment schwappte eine Ruhe, in der alles gleichgültig geworden war, über ihm zusammen. Petra redete ununterbrochen. Er hörte nicht hin. Fühlte sich durchgekaut wie ein klebriges Karamelbonbon. Eine zähe Müdigkeit kroch ihm bis in die Knochen. Knochen schwer wie Blei.

In einer indonesischen Snack Bar stand er mit dem Rücken zum Fenster, dachte tastend nach vorn, suchend: Bilder liefen haltlos aus ihren Farben. Wahrscheinlich würde er einen Flug nach New York am 3. August bekommen. Also noch fünf Nächte!

Ihre zweite Nacht in Amsterdam verbrachten Petra und Guido in einer schmierigen Absteige. Ein fertiger Freak, der seine Bude vermietete, um so, auf legale Weise, an das Geld für seinen nächsten Trip zu kommen. Zehn Leute in einem Zimmer mit vier Betten. Ein Doppelbett, das sich Guido mit Petra teilte. Die blanke Glühbirne an der Decke war mit einer zerrissenen Jeansjacke verhängt. Verzerrtes Dröhnen heulte aus dem aufgedrehten Radio. Partystimmung, Geschrei und Gestank. Guido lag ausgestreckt auf der nikotingelben

Matratze, ihm war alles egal, das Drumherum und Durcheinander. Er hatte seine nasse Jacke ausgezogen und schloß die Augen, ließ es über sich hinwegspülen. Petra quatschte und quatschte, aber jetzt nicht mehr mit ihm.

Ein unruhiger Schlaf ergriff ihn, schaukelte ihn wie Treibholz auf den Wellen des Meeres. Guido träumte, sein Kopf sei eine Wolke: Der Wind treibt ihn davon, zerstäubt die finsteren Überlegungen, Ängste, hier zu verrecken, mit einem Messer an der Kehle zu erwachen. Und die spitzen Schreie zeternder Möwen schneiden ihm eine alte Erinnerung aus dem Grau des Himmels: In großen gelben Gummistiefeln balanciert er, ein Kind noch, bei einem sommerlichen Unwetter auf einem hölzernen Eisstiel über wildes Wasser den Rinnstein entlang. Und nur knapp umsurft er den gurgelnden Gully... zur See...

Guido suchte nach einem Ausgang, aber jede Tür, die er öffnete, war nur wieder ein Eingang in dieselbe Welt. Zurück auf der Straße. Seine Schritte in durchgeweichten Turnschuhen an einem Abgrund entlang, durch das hektische Treiben der Stadt hindurch. Seine Hände klammerten sich um den Plastikgriff des Regenschirms. Gesichter, scharfe Blicke, entblößte Zähne: Gefletschtes Lachen! Der schwarze Plastikgriff - Streichholz in der Gracht. Er dümpelte in einer Müdigkeit, die keine Ruhe zum Schlafen fand. Stimmengewirr, Fahrräder, Straßenbahnen, Autos. Tosen der Stadt. Und die Bank der Niederlande sah aus als wäre sie aus Nougat gebaut. Es folgte eine kalte Dusche vom Himmel und am Abend stotterte er zermürbt ein Parkbankgedicht:

„Malcom! ich kann es nicht mehr ertragen.
Bauchschmerzen, Seitenstiche wie Nadelstiche,
Nadelstiche, in die Seite gestochen...
                    Fresse das Gefühl
        am Stacheldraht der Schmerzgrenze.‟

Noch vor Mitternacht kam eine Polizistin mit erhobenem Zeigefinger zu der Parkbank, auf der sie übernachten wollten, und sagte: „Weg hier!‟ Also weiter. Rucksack auf die Schultern gewuchtet. Weiter, an einer Galerie festverschlossener Haustüren vorbei. Guido wäre nicht erstaunt gewesen, wenn er eine der Türen geöffnet und sich selbst gegenüber gestanden hätte wie in einem Spiegel, den Türgriff noch in der Hand, sich selbst begrüßend: „Da bist du ja endlich!‟

Wo fängt die Wirklichkeit an, wo hört der Traum auf, und hört der Traum dort auf, wo die Wirklichkeit beginnt?

Morgengrauen, langsam wurde es hell über dem dunklen Park. Auf einer Bank hatte sich Petra in ihrem Schlafsack verkrochen. Guido war neben ihr sitzen geblieben, dachte: Eine viertel Stunde nur, ein bißchen Schlaf - und legte sich neben sie. Da rissen ihn sechs Fäuste empor, gaben ihm eine Ladung CS-Gas direkt ins Gesicht. Und, aus dem Schlaf gefahren, schnappte er nach Luft wie ein an Land gezogener Fisch. Zwei Kerle hielten Guido fest, während der dritte ihm das Portemonnaie mit fünfzig Gulden aus der Hosentasche zerrte.

Glück gehabt, sagte sich Guido, nachdem der erste Schock verflogen war, den Rucksack haben sie stehengelassen und waren sogar freundlich auf ihre Art, als sie das Portemonnaie über die Büsche des Parks zurückwarfen.

Das Kleingeld aus seiner Jackentasche reichte gerade noch für zwei Kaffee. Petra war vor Schreck mucksmäuschenstill geworden. Guidos Augen waren verklebt, wie ausgeheult. Die Haut brannte. Scheiß Amsterdam. Ein farblos dunstiges Licht hing unter grauem Himmel, glitt an den Hauswänden entlang, als wäre alles nur Kulisse. Aber wenigstens regnete es einmal nicht. Das Leben ging weiter und er würde nach New York kommen, da war er sich trotz allem sicher! Sein vom CS-Gas benebeltes Gehirn konnte keinen anderen Gedanken mehr fassen. Nach New York, wie auch immer!

Zögernd belebte sich der vor dem Café liegende Platz mit eilig zur Arbeit hastenden Radfahrern, den vom frühen Morgen überraschten Zechern, die aus der Nacht stolperten, als wühlten sie sich aus einer finsteren Höhle hervor, der Höhle unter Tage. Guido war auf seinem Weg nach New York...

Aber in dem Laden für Stand-by Flüge erfuhr er, daß er kein Ticket für den 3. August, sondern erst für den 7. oder 8. August bekommen konnte. Er hatte nichts zum Festhalten, biß sich in die Finger.

Ein paar Stunden später waren Petra und er schon an einer Autobahnausfahrt bei Osnabrück,

Richtung Bad Oeynhausen, Hannover. Verwischte Schatten am Straßenrand. Petra hielt den Daumen raus. Vereinzelt zischten die Autos auf der nassen Straße vorbei. Schlechte Chancen, in dieser Nacht noch weiter zu kommen. Guido lachte, er hatte sein Flugticket in der Tasche, Jackeninnentasche mit Reißverschluß. Er war in ein Reisebüro gestolpert und alles ging glatt. Flug nach New York für den 5. August! Glitzernde Regenhaut, funkelnd auf der Straße winddurchwühlter Nächte.

Am frühen Morgen in Hannover ging er unter dem aufgespannten Regenschirm wohin der Wind ihn schubste und zerrte. Petra trottete ihm plappernd hinterher, jammerte: „Wohin willst du denn eigentlich?" Aber seine Umgebung schien ihm zu Tropfen geronnen zu sein, die gegen die nur mit einem stumpfen Bleistift skizzierten Fassaden der leer aus der Dämmerung ragenden Stadt schlugen. Regen, der Guido in den Nacken kroch und wie ein Schauder über den Rücken lief. Haustüren wie verschlossene Münder und Fenster wie tote Augen. Alles nur getropft, zerflossen aus einer Handvoll Nacht.

Petra war zurück in ihrer Wohnung direkt unter dem Dach. Guido fühlte sich, als wäre ein Alptraum zuende. Durch gardinenlose Fenster warf er einen letzten Blick in einen graugelben Himmel, auf dem schwarzgraue Regenklumpen trieben, wie Fettaugen auf der Brühe.

In der kleinen Goslarer Welt machte sich Guido einen gemütlichen Sonntagmorgen im Bett. Dach über dem Kopf und die Zehen unter der Bettdecke im Bossatakt. Er ließ sich durch seine Gelassenheit treiben, hörte dem Tenorsaxophon zu, das aus dem Schwarz der Lautsprecher gesprungen war, hörte, wie es vom Sand weißer Strände, an klarem Blau, dem Rauschen und Brausen der Ozeane, schwärmte, dem Flug aufgeschreckter Sturmvögel hinterher. Pinselstriche, Spuren im vagabundierenden Wind.

In der Wanne ein Gebirge aus Schaum über blaugrünem Badewasser. Sein Körper dehnte sich in der Hitze, der Blick verlor sich in Aquarellbildern. Schaum, Traum, hoffentlich nicht alles. Seine linke Hand tastete sich zur Seife. Platschend fiel sie ins Wasser. Knistern, der Schaum löste sich auf. Und noch gellt Aphrodites spitzer Schrei in seinen Ohren: „Nein, keine Seife! Ich bin dagegen allergisch!"

Isabelle rief aus Washington an: „Wann kommst du denn endlich?"

Ihre Stimme klang dünn und zerbrechlich, verschüttet wie unter einem Geröll aus Kissen und Decken.

„Hab´ einen Flug am Fünften, von Amsterdam."

„Okay. Wir sehen uns am Mittwoch um sechs auf dem Times Square. Ciao!" Und sie gab ihm einen Kuß, der wie ein Knacken in der Leitung klang.

Mittwoch um sechs auf dem Times Square! Und sie traf diese Verabredung so selbstverständlich, als wäre sie nicht auf der anderen Seite des Atlantiks, und als läge der Times Square nicht in

New York, sondern in Vienenburg oder Osterode. Als hätte sie ihn mal eben zum Kaffee eingeladen. Aber hier, in diesem Zimmer, wußte er doch noch genau wie groß ihm, unheimlich fast, die Welt erschienen war, nur, weil er mit seinem ersten Fahrrad bis nach Hahndorf gefahren war. Mittwoch um sechs auf dem Times Square... das war Wahnsinn, und heute war schon Montag.

In der Stadt kaufte er sich eine Fahrkarte für den Zug um 15:15 Uhr nach Amsterdam, zwei Kerzen, grün und blau, und eine Büchse Hustenbonbons.

Am Abend schlugen krachend die Regentropfen gegen das Fenster. Im Zimmer dahinter leierte John Coltrane *A Love Supreme* von der Schallplatte, da, wo Guido Abschied nahm, zurückließ, seinließ...

Er drückte sich vor dem aufflammenden Solo in die Kissen, als ihm einfiel, so als wäre es das Allerneueste, daß er nicht Gervais, nicht Charles hieß. Er hatte also nicht den französischen Frischkäse erfunden, hatte nur versucht, der Motte, die sich in sein Zimmer verirrt hatte, die Freiheit zu schenken. In ihm hockte die Angst, schwer und beißend, so als hätte er seine Nase in Ammoniak getaucht. Angst, es könne wer weiß was geschehen.

Die Wolken zogen sorglos über den Horizont, hatten keine Verabredung. Der Zirkus war in Goslar. Elefanten trompeteten. Der Zug fuhr ab und Guido hatte den Regenschirm an der Garderobe im Flur hängen lassen. Hinter den Abteilfenstern ernteten die Bauern ihre Felder. Schon vorbei. Momentaufnahmen, die keinen Eindruck auf ihn machten.

Er saß im Raucherabteil, vom sausenden Rauschen der durchschnittenen Luft betäubt, und fragte die alte Dame mit Hut, die an der Tür zum Gang über eine Illustrierte gebeugt Platz genommen hatte:

„Stört es, wenn ich rauche?"

„Nein, mal eine, oder zwei."

„Bis wohin fahren Sie denn?"

„Bis Minden."

Der Zug hielt ächzend, kreischend, quietschend am Hildesheimer Hauptbahnhof. Die verzerrte Stimme der Ansage schleuderte abgerissene Sätze unter den schwarz gewordenen Himmel: „Sie haben Anschluß nach..." Sicher würde es gleich wieder regnen. Jeder sprach in diesem Jahr vom Wetter. Der Zug fuhr weiter. Regen...

Die alte Frau mit Hut: „Das regnet ja!"

„Ja, und wie."

„Die Welt hat sich anscheinend gedreht."

Und, bevor sie sich wieder ihrer Illustrierten zuwandte, sagte sie:

„Ohne Regen geht es halt nicht."

Wetterbericht: In seinem Kopf läßt Guido über zerklüfteten Gedanken die Sonne scheinen. Stellenweise bewölkte Stirn. Und, wenn im Bauch der Donner grollt, jagt er erschreckt den Geistesblitzen nach. In den Hochlagen ist mit überfrierenden Augenblicken zu rechnen, an der Küste böig. Angespülte Worte auf trockenen Lippen. Durch Hoch und Tief war er auf alles gefaßt.

Hannover. Der Zug versuchte, die Verspätung aufzuholen. Guido döste dahin - zong, schsch, toff. Die Waggons klapperten, rumpelten und ächzten. Schon Minden. Die alte Dame nickte ihm noch einmal zu, als sie das Abteil verließ.

Umsteigen in Ammersfort. Nicht weit vom Bahnhof ein Himmel wie in einem schlechten Jesusfilm, rotglühend.

Später, als die aufgerissene Wolkendecke verschwunden war, durch die sich die Strahlen fächerförmig, fast greifbar, ergossen hatten, gaffte Guido nur das aufgequollene Gesicht des Mondes entgegen. In aufwirbelnden Schatten versank die platte Landschaft, als ihm im Halbschlaf eine unmögliche Geschichte einfiel: Die sieben Tage der Woche machten einen Betriebsausflug. Die sieben Tage wollten auf die blauen Berge wie die sieben Zwerge. In einem Schnellzug waren sie davongerast. Der Zug entgleiste, die Tage kamen um und nicht einer würde jetzt mehr erwachen. Nur ein trauriger Haufen heulender Nächte blieb zurück, durch den erfreute Nachtangler wateten.

Guido unterhielt sich mit sich selbst, stellte sich Fragen und legte sich Antworten zurecht.

„Und, was machen Sie so, ich meine beruflich?"

„Wenn ich ehrlich bin, nichts."

„Wie? Wie macht man denn nichts?"

„Indem man sich keine Gedanken über das macht, was nicht da ist, und es auf sich zukommen läßt."

„Aber wie kriegen sie die Marmelade auf´s

Brötchen?"

„Ich esse Kuchen, und in meiner Freizeit studiere ich."

„Und was studieren Sie?"

„Transzendentale Überlebenstechniken."

Amsterdam, Hauptbahnhof, 22:05 Uhr. Guido blieb ruhig sitzen. Der Zug fuhr durch bis zum Flughafen, war nicht entgleist, und noch hatte Guido das Flugticket in der Jackeninnentasche. Jacke, die er nicht auszog. Er drückte sich in einen der harten Plastikschalensitze in der Halle des Flughafens Schiphol und pulte sich mit dem kleinen Finger der linken Hand das Schmalz aus dem rechten Ohr. Verzog mißtrauisch das Gesicht zur Grimasse. Jetzt mußte er nur noch warten bis die Nacht vorbei sein würde. Hoffentlich ist das Ticket in Ordnung, dachte er, die Welt könnte so schön sein, im Bett unter der Decke, oder auch im Wald. Aber hier, was mache ich hier? Kann es kaum glauben. Dumme Frage. Will nach New York, New York, New York. Bin nah dran, werde es aber erst glauben, wenn ich im Flugzeug sitze. Die Nacht um die Ohren hauen, da sind die Sterne zu bewundern. Könnte ich nur mit der Welt zufrieden sein, der Welt, so wie sie ist... Ohne sie gesehen zu haben? Nein, ich muß weiter, auf der Fährte des Traumes.

Hinter den Scheiben des Flughafengebäudes blitzten die Regentropfen wie zersplitterte Kristalle, Diamanten im Dekolleté der Nacht. Guido kümmerte sich nicht darum. Er saß still und ließ es sein, wie es sein wollte, ließ es, wie es war.

Hauptsache war, daß er am nächsten Tag um sechs auf dem Times Square sein würde, um Isabelle wiederzusehen, sie zu hören, zu riechen, zu atmen und zu küssen.

„Und was sind Sie, wenn Sie fertig studiert haben?" Da, wieder eine dieser Fragen, die er nicht ernst nehmen wollte, nicht ernst nehmen konnte, eine Frage von Werweißwoher.

„Vorgesetzter meiner eigenen Unberechenbarkeit, freigesprochen von jeder Definition."

„Sind Sie sicher, machen Sie sich nichts vor?"

„Ja, denn so macht man nichts."

Als Guido nach einer Stunde Schlaf wieder erwachte, wußte er nicht mehr, wo er war. Noch war er am Flughafen Amsterdam. Schon hatte er wieder eine Zigarette im Mund und sah einen hellgrünen Turnschuh mit Gänseblümchenaufdruck. Sommerwiesenturnschuh... sie liebt mich, sie liebt mich nicht, sie liebt mich, sie liebt mich nicht... Bis es sich drehte, einfraß ins Gehirn. Turbulenzen: New York, noch heute. Ein betongrauer Morgen in Amsterdam. Ein Tag mit 31 Stunden hatte für ihn begonnen. Und dazu noch die Gänsehaut! Jetzt würde es nicht mehr lange dauern.

Guido nahm Anlauf, lief auf einen Abgrund zu, wurde schneller und schneller, als hätte er sich von einer Klippe gestürzt. Die Bilder sausten vorbei, schwirrten, rauschten. Und als er wieder Boden unter seinen Füßen fühlte, sprang er wie aus dem Stand, hüpfte noch einmal in die Luft und hatte das Gefühl, noch nie einen Schritt vorwärts gekommen zu sein. Abgrund. Absprung. Take off.

Abgehoben und eingezwängt in die dröhnende Blechkiste zwischen Schiphol und John F. Kennedy Airport. Er versuchte zu schlafen, und in seinem Kopf irrte etwas durch ein Labyrinth ungeheurer Pflanzen. Isabelle winkte mit einem Taschentuch verschwommen am Ausgang. Blumenkohlwolken. Drei Fliegen flogen als blinde Passagiere mit. Guido konnte nicht einmal vom Wetter reden, hier schien sie ja jeden Tag, die Sonne. Zu essen gab es Huhn, und das war zuvor sicher noch nie geflogen.

Er saß auf dem äußeren linken Sitz der Mittelreihe. Rechts neben ihm eine deutsche Familie auf dem Weg in den Urlaub. Vater, Mutter, Kind. Guido starrte vor sich hin. Schon war er bei seinem zweiten amerikanischen Kaffee. Druck auf den Ohren, die zitternde Gehirnmasse dazwischen, als würde sie zur Briefmarke gepreßt. Zerfledderte Gedanken, die nicht in Worte zu fassen waren, Erinnerungen wie gesammelte Herbstblätter in einem dicken schweren Buch.

Gegen vier Uhr nachmittags Landung auf dem John F. Kennedy Airport. Der mit dünnem Kaffee gefüllte Magen wanderte nach oben, der Rest des Körpers kurz vor dem freien Fall. Touch down. Auf wackeligen Knien reihte sich Guido in die Warteschlange vor der Paßkontrolle ein. Endlich, nach einer halben Stunde. Hier der Reisepaß: Die Augen blau, keine besonderen Merkmale, 1.85m, ja, alles okay, er war wirklich der, der da auf dem Foto grinste... er wußte, es war nicht gerade das neue-

ste Bild von ihm, die Haare waren länger geworden, aber sein schräges Lachen hatte er noch nicht
verloren, bye bye. Da, sein Rucksack, rot leuchtend wie eine untergehende Sonne im Atlantik. Ein
Ruck, und es ging los. Aber halt! - noch eine kleine
Kontrolle. Jetzt aber nichts wie raus.

14 Grad Celsius Temperaturunterschied
zwischen Amsterdam und New York. Schweißaus-
bruch. „You´re welcome", sagte lächelnd eine
Chinesin am Ausgang des Flughafens. New York,
New York. Und er hatte nicht einmal eine Frage
gestellt. Schnell zum Bus, die Taxifahrer ignorie-
rend. In den JFK Express, nicht der billigste, aber
der einfachste Weg nach Manhattan. In welchem
Traum war er denn jetzt wieder gelandet? Nein,
kein Traum, diesmal nicht, obwohl es so aussah.
Vom Bus in die Subway. Öliger Atem. Sie schaukelte ihn hoch bis zur 42sten Straße. Er stieg aus.
Los. Walk. Eine Zigarette auf die Unterlippe geklebt. Treppen hoch, den zerrenden Rucksack auf
dem Rücken. New York New York, Manhattan,
und, wie könnte es anders sein, Regen! Aber er
war ja nicht aus Zucker. Regen in New York, als
würde der Schweiß der acht Millionen am Himmel
wie an einer Glasglocke kondensieren. Aber da war
er, der Regenmacher, schon drei Blöcke weiter
nach links in Richtung Times Square abgebogen.
Guido, mit dem Gesicht eines staunenden Kindes,
hatte es noch gar nicht begriffen.

Auf dem Times Square fragte er einen Passanten im Anzug nach der Zeit. Mensch, Guido, du
Idiot, da oben ist doch eine Uhr: 4:55 p.m. Und

kaum, daß es regnete, kam auch schon jemand auf ihn zu und wollte ihm einen Regenschirm verkaufen. Guido wartete vor der Bronzestatue des Father Duffy, kannte aber nur Duffy Duck, und stellte sich bei der Informationstafel unter, rauchte zwei Zigaretten, ging ein paar Schritte weiter, runter zur 45sten, rechts der Broadway. Broadway, und da, auf der anderen Seite, sah er sie! Isabelle in Manhattan. Die Ampel zwischen ihnen zeigte DON´T WALK. Sie winkte und endlich sprang die Ampel auf WALK!

Isabelle und Guido in einem Hotelzimmer mit einem riesigen Spiegel, der am Fußende des Bettes hing und stumpf das fade Licht reflektierte. Weiße Wände und schwarze Käfer. Sie konnte nicht verstehen, weshalb es so lange gedauert hatte bis er den Flug nach New York bekommen hatte. Er erzählte ihr von Hannover, Amsterdam und dann von Petra. Vor dem Fenster die Schlucht eines grauen Hinterhofs, Ecke 7te Avenue und 42ste Straße. Ein handgroßes Radio zirpte rauschend spanische Schnulzen in den Abend. Die piepsige Stimme des Ansagers kämpfte gelassen gegen das Fauchen der brodelnden Stadt.

Isabelle lag auf dem Bett, ein Kissen auf dem Gesicht, den Schaumstoff des Kopfhörers an den Ohren. Er stand am Fenster.

Sie: „Ich möchte mal wissen, was das ist? Der Walkman knarrt total.“

Er: „Der Tonkopf.“

Sie hörte ihn nicht. Köpfe voll Klang im Stimmengewirr, unter dem Wirrwarr der Geräusche, dem Kreischen. Jedem Buchstaben seine eigene Geschichte, dachte er, fragte: Was ist nur los? Revolution im Alphabet? Absturz, Aufstand der Gefühle? Fragen, die ihn überrumpelten. Es verschlug Guido die Sprache und Isabelle ging auf Distanz. Tauben vor dem Fenster, taubengrau wie der Hinterhof selbst. Er fragte sich, ob die Newyorker Tauben die venezianischen verstehen würden? Weiße Wände und schwarze Käfer, nein, keine Käfer, Schaben. Doch immerhin ein Zimmer mit eigener Dusche. Er hatte den Sender gewechselt: „...get your kicks on route 66..." Bah dapp, bapp bäh, dapp bapp. Schmalz von Nat King Cole. Guido legte den Kopf in den Nacken, schloß die Augen und hätte fast sein Gleichgewicht verloren, als er den Rest Himmel sehen wollte, der hier übriggeblieben war. Das Bewußtsein verfolgte die Phantasie, aufgeschreckt. Er war ihr dicht auf den Fersen, flog ihr wie ein Schatten hinterher, ein wilder Luftzug nur, raste mit Blaulicht und heulender Sirene durch Downtown New York.

„Weißt du, wer du bist?" fragte die Radiostimme. Es folgten Reggae und Cha Cha Cha. Dann lag Guido auf dem viel zu weichen Bett und Isabelle setzte sich auf die Fensterbank. Da war der Spiegel wie ein vergilbtes Bild von ihr.

„Ich bin doch kein Haufen", empörte sie sich, in dem zerlesenen Buch über den Buddhismus blätternd, das er sich mitgenommen hatte. Skandha - die fünf Bestandteile, aus denen sich das Selbst zusammensetzt. Bewußtsein, Gefühl, Impuls, Wahrnehmung und Gestalt. Die Seiten 23 bis 46 ließ sie aus dem Fenster fallen – aus dem achten Stock!

„Haufen oder Anhäufung, Ansammlung oder Bündel, wie du willst."

„Aber ich bin doch nicht nur ein Bündel zusammengewürfelter Elemente, ich bin doch ich."

„Aber damit weißt du immer noch nicht, was das Ich ist. Was ist denn dieses Selbst? Ich frage mich, ob es dieses unteilbare Individuum, oder einmalige Selbst, wirklich gibt."

„Mir fällt dabei nur die Schlange ein, die sich selbst auffrißt. Die frißt und frißt, bis nur noch der Kopf übrig ist. Nur ein Kopf, der alles in Frage stellt. Der fragt: Wer bin ich, was bin ich? Und dabei ist es nicht mehr als eben ein Kopf, der denkt. Vielleicht frißt die Schlange sich ja sogar so weit auf, bis nichts mehr ist."

„Die Schlange möchte ich sehen, die sich selbst auffrißt!"

Rush-hour, brodelnder Verkehr in Abgaswolken, gelbe Taxen sausen hindurch. Hektik, Menschenmassen in Bewegung. Reizüberflutung. Hoffentlich erschlägt es mich nicht, verschluckt es mich nicht, dachte Guido, als er mit Isabelle wieder auf dem Broadway war. Ja, das ist New York, und ich bin mittendrin! Times Square, Broadway, WALK. Ein Auflachen, Bewußtwerden. Weiter die 7te Avenue ´rauf, die 45ste Straße rechts, und wieder die 6te Ave nach links, bis zum Rockefeller Center. Hier schießen die Wolkenkratzer wie Pilze aus dem Boden. Und dann, an der 59sten Straße East gingen sie in den Central Park, ein Fleckchen Grün zwischen Stahlbeton, Glas, Asphalt und Blech.

„Jetzt erzähl´ doch mal, wirklich, warum hat es so lange gedauert. Warum bist du nicht schon eine Woche früher hier gewesen?" Sie setzten sich unter einen schmächtigen Baum auf einer vertrockneten Wiese.

„Es gab keine billigen Flüge von Amsterdam nach New York..."

„Hast du mit Petra geschlafen?"

Isabelle wollte es genau wissen. Jetzt sei bloß ehrlich, offen und ehrlich, ermahnte er sich. Was hätte eine Beziehung für einen Sinn, wenn ich nicht zeigen würde, wie ich bin? Oder bin ich zu naiv? Ehrlich sein, den zeigen, der man ist, selbst wenn alles zu Bruch geht, blitzte es Guido durch den Kopf und sagte: „Ja."

Isabelles Gesicht erstarrte, war wie versteinert, zwischen Schreck und Wut. Ein Gesichtsausdruck der sagte: Das versteht der also unter Liebe! So ein Idiot, Mistkerl: „Du hast mich betrogen!"

„Ich habe dich nicht betrogen. Niemand gehört einem anderen und ich kann meinen Gefühlen keine Befehle geben. Es war sicher blöd, dumm von mir... "

„Das war es sicher."

„Würde ich dich nicht viel mehr betrügen, wenn ich nichts über Petra gesagt hätte, wenn ich hier irgendwelche glaubwürdigen Märchen auftischen würde, dir etwas vorspielen, so tun würde, als wäre nichts gewesen?"

„Du hast mich betrogen und basta. Auch solche

Erklärungen ändern das nicht. Und außerdem sind das nicht mal Erklärungen. Du schweifst nur ab. Du hast mich betrogen, und das Schlimme daran ist, daß du mich damit allein läßt..."

„Wie? Ich lasse dich damit allein?"

„Du verstehst nichts!"

Isabelle stand auf und verließ den Central Park. Guido blieb allein zurück und versuchte, sorglose Urlaubskarten zu schreiben. Ein paar Leute übten Baseball, Jogger keuchten vorbei, doch es interessierte ihn nicht. Tief aus dem Bauch über die Kehle kam ein Blues von John Lee Hooker: *„One Bourbon One Scotch And One Beer!"* Alone, live in New York. New York und der Blues. War vielleicht bekloppt von mir, mit Petra ins Bett zu gehen... Aber wer glaubt schon noch an die Liebe eins zu eins? Ich gehöre niemandem, vielleicht nicht einmal mir selbst. Und selbst Isabelle kann nicht alles für mich sein und ich nicht für sie. Keine Geschichten mehr, nein, nicht solche, wie der Ritter und seine Prinzessin... Nur für einen anderen leben, das haut nicht hin... Beziehungskiste, Klappe zu, ab in die Grube. Und nichts ist davon übriggeblieben... Schon oft genug erlebt, mit siebzehn und neunzehn... nichts, außer Namen, an die ich mich erinnere... Oder täusche ich mich, bin nur enttäuscht? und es gibt sie doch, diese Liebe?

Aber New York. Isabelle und Guido, trotzdem. Er war aufgestanden und mischte sich in die bunte Menschenmenge, konnte unmöglich Urlaubskarten schreiben, mit diesem dicken Kloß, den er in sich fühlte. Ein Kloß, der zwischen Für und Wider hin-

und herpendelte. Auf den Straßen ein Gedränge, als käme gerade die ganze Welt aus dem Kino. Der Film war zuende, das Leben hatte begonnen. Guido trieb wie ein Wassertropfen im Colorado den Broadway hinunter, unter einem Meer aus Wind. Vierspurige Straße in der Glasbetonschlucht. Sieh nach vorn! Blicke von Gesicht zu Gesicht - Gesichtsausdrücke, zuviel für in Begriffe gedrängte Beschreibungen. Downtown. Ecke 59ste Straße West, Columbus Circle, Broadway runter bis zum Hotel. Der Typ im Glaskasten an der Rezeption machte ihm ein Zeichen, daß sie schon oben wäre. Rein in den muffigen Fahrstuhl, den Gang bis zur Tür. Klopfen. Sie öffnete, sagte lächelnd: „Na, das war ja nicht lange." Und Guido wußte nun wirklich nicht mehr, wie es weitergehen sollte.

Am Abend ging er Essenholen. Im Fahrstuhl nach unten, durch die Tür, raus auf die 7te, rein ins Gewühl. New York bei Nacht! Bumm, bumm. Er lachte. Die angebrochene Nacht lag da wie eine Zartbitterschokolade. Er stopfte seine Hände in die ausgebeulten Taschen der Jeans. Viertel Drehung nach rechts. Ging schwebend, einen kalten Schauer im Rücken - ah, New York! Lachen brach aus ihm heraus. Die Stirnmauer der Vorstellungen war durchbrochen. Keine Vorstellung, Wirklichkeit. Einatmen, ausatmen, gedankenlos die Stimmung in sich aufnehmen wie ein Löschblatt die Tinte. Er war glücklich, ging zwei Blöcke die Avenue hinunter, du dieh dap bah dap bah dapp. Blickte hinauf zur Skyline und schlenderte hinein zum Fast Food Chinesen.

Er sah das blonde Mädchen mit dem großen leuchtenden Luftballon, der der Mond war, davonfliegen. Es hielt den Mond an einer Sternenlichtschnur fest. Es flog davon, entkam, vielleicht bis an das Ende der Welt.

„Denk´ nicht nach und stell´ keine Fragen, spring´ über die Spitzen der schneebedeckten Berge. Da bin ich und halte den Mond an einer Lichterkette", erzählte Isabelle ihm wie ein Märchen zum Einschlafen, „damit wir das Träumen nicht verlernen, unsere Träume nicht vergessen... So einfach ist das, so bin ich."

Touristisches Programm: Flanieren durch Little Italy und Chinatown. Eisessen am Washington Square und Kaffeetrinken in Greenwich Village. Auf der Spitze des World Trade Centers und des Empire State Buildings genießt Guido das Gefühl, darüber zu stehen, hatte es selten genug. Abklappern der Sehenswürdigkeiten. Wir waren da, würden sie sagen können, ein bißchen stolz und sogar glücklich. Über Petra verloren sie kein Wort, spielten sich Gelassenheit vor. Noch war er auf alles gefaßt, erwartete den Seitenhieb, war auf dem Sprung: Als liefe er über dünnes Eis. Wußte ja, daß es nie so sein konnte wie er es sich vorgestellt hatte, wie es sich eine blühende Phantasie ausgemalt hatte. Hatte er tatsächlich geglaubt, daß hier ein neues Leben beginnen würde, voll Spontaneität und unausweichlicher Wirklichkeit, er, verstrickt in eine abenteuerliche Handlung? Hatte er geglaubt, alles würde sich ändern, nur weil er Isabelle in New York treffen würde, einen Traum verwirklicht hatte? Nein, geglaubt hatte er es nicht, aber still und heimlich gehofft. Nein, nicht alles hätte sich ändern sollen, aber wenigstens etwas.

Euphorie der Augenblicke, mit der er überlebte. Und immer nur leben, weitergehen, weglaufen. War es nicht nur ein Traum? Berühr´ mich nicht, ich werde schreien! Kein langes, aushöhlendes Nachdenken mehr, wiederholte er sich. Nicht die immergleichen Fragen beschwören, an denen der Kopf zerbricht. Manhattan, eine andere Welt, aber auch nicht wirklicher als anderswo. Er wollte das Schweigen nicht brechen, das Schweigen wie Eis auf belanglosem Gerede, alltäglich, trotz der phantastischen Aussicht. Da wucherten die Zweifel weit hinauf: Ist das ganze Leben nicht nur ein Traum, ein Traum, aus dem es kein Erwachen gibt, und die Wirklichkeit, ist das nicht nur ein anderer Traum, dem auch er nicht entkommen konnte?

Isabelle und Guido wußten nicht wohin, wußten nicht wie. Mit einem Wagen von der Driveaway Cooperation nach Chicago, zur East Coast, oder mit dem Greyhound Bus von Port Authorithy nach New Hampshire?

Sie hatten sich aus dem Hotel ausgecheckt, fanden aber das Büro der Driveaway nicht und ihre Rucksäcke waren viel zu schwer für eine Wandertour durch den Dschungel der brodelnden Stadt. Sie wußten nicht wohin, wußten nicht wie.

Ihr letzter Tag in New York. Er hatte das Gefühl, etwas verloren zu haben, etwas vergessen zu müssen. Saß auf einer grünen Bank am Broadway. Links das Flatiron Building. Eingeprägtes Bild, King Kong auf dem Dach des Empire State Buildings. Mythos der Stadt. Isabelle holte Zigaretten. Da oben, in diesem Bügeleisenhaus, hätte er gern ein Zimmer, mit Blick aufs Meer, selbst, wenn dort die Hunde mit dem Schwanz nicht hin und her, sondern auf und ab wackeln müßten. Ein Witz von Djuna Barnes.

Ein Gefühl hatte er zwischen verblassenden Traumgespinsten verloren. Noch versuchte es sich in der Gegenwart zu behaupten, die Wirklichkeit zu packen, bevor es selbst nur noch Erinnerung wäre, aber schon war es verloren und nichts war mehr daran zu ändern. Die bunte Menge Mensch strömte vor ihm entlang. Verschmolz zu einer pulsierenden Masse, zuckend, wie das Herz kurz vor dem Infarkt. Schräg auf die Köpfe gesetzte Baseballmützen, Geschäftsleute in schwarzen Anzügen. Alles in Hektik, mit unruhigen Blicken, die an nichts haften blieben. Blicke durch Guido hindurch. Da kam einer mit einer Plastiktüte in der Hand, hielt an dem Mülleimer neben der Bank und kramte den erstmal ordentlich durch. Fünf Cent pro Dose. New York, und Guido wußte nicht, was mit ihm los war. Gestern abend hatte Isabelle vor dem Einschlafen zu ihm gesagt: „Du hast keine Angst vor mir, du hast Angst vor dir!" Mit einem hörbaren Ausrufezeichen am Ende!

Angst, warum nicht Einsamkeit? In ihm die

Gewohnheit, so zu sein wie er war, jemand zu sein, den er nicht einmal richtig kannte, jemand, den er nicht immer unbedingt kennen wollte. Quietschen bremsender Busse an der roten Ampel. Einsamkeit. Er, versteckt hinter einem Gesicht, das er zur Schau trug. Eine Phase? Ein Übergang? Am Ende würde es auf jeden Fall vorbei sein. Angst? Erinnerung nur, ohne, daß sich etwas geändert hätte, ohne, daß er etwas wirklich Handfestes daraus gemacht hätte. Guido mit seiner Angst, aber auch mit seinem Lachen. In aufgeschichtetem Staub und Sand wühlend wie ein Archäologe. Angst? – Sicher! Er konnte sie nicht ablegen, nicht in irgendeine Ecke pfeffern wie ein paar Schuhe, sie gehörte dazu. Der Blick aus dem Fenster, wenn die Welt vorbeifloß, Zeit klanglos verging. Er, aus Gewohnheit, nie mehr als der Beobachter einer Rolle, der er nicht entkommen konnte, in die er wie gebannt war. Es blieb immer das Gleiche. Alles nur ein Spiel? Theater? Einsamkeit. Aufführungen der Sprachlosigkeit. Worte ohne Stimme. Ständig wiederholt und doch vergessen. Einsamkeit. Langweile. Die Tasse ohne Boden, aus der er den Regen in der Wüste schöpfte. Leben von heute auf morgen. Keinen Schritt weiter, nur im Kreis herum. Schließlich die unzähligen Fragen, die niemand mehr stellt, und Antworten die keiner mehr gab. Aber er war ein anderer geworden, seitdem. Viele andere. Schon woanders mit der faden Sehnsucht nach Ruhe. Ruhe finden, wo? - nur weiter. Alles nur ein Spiel? Seine Angst, ihre Angst. Ängste, die sie wie Uhrfedern vorantrieben bis an den Rand des Nichts und weiter. Masken, Tanz, Getrampel, Durcheinander. Tanz der Masken. Aber, noch hatte er sein Gesicht dahinter nicht verloren, noch hatte er nicht mehr Angst als jeder andere.

An der Penn Central Railroad Station.

„Wife and husband?" fragte der Ticketverkäufer.

„No", sagte sie.

„Wife and husband?" -

„Almost", lachte sie.

„Wife and husband?" fragte er zum letzten Mal und nickte übertrieben mit dem Kopf.

„Yes."

Zurück im Gleis fuhren Isabelle und Guido als Ehepaar von New York nach Washington D.C.. Er saß am Fenster, sie neben ihm. Ihren Kopf hatte sie auf die linke Hand gestützt, den Ellenbogen auf der heruntergeklappten Lehne dazwischen. Sie las »Beim nächsten Mann wird alles anders« und er hoffte, daß er noch der Nächste für sie war.

New Jersey, eine kleine Ecke Pennsylvania, Delaware, Virgina, Bahnhof Baltimore, und schon waren sie im District of Columbia. Darüber wölbte sich blitzblank das Blau des Himmels. Vom Bahnhof in die peinlich saubere U-Bahn. Hier hieß sie mal wieder Metro. Ein paar Stationen nur, dann waren sie in der schönen, heilen Welt bei ihren Eltern. Welt, mit rechtwinkligen Hecken drumherum, einer fetten Hauskatze im Wohnzimmer... er mußte sich rasieren.

Am Abend legte sich die Katze in ägyptischer Haltung auf den Teppich vor den Fernseher und schloß ihre Augen. Guido saß neben Isabelles Mutter auf dem Sofa. Familienleben: Mutter, Vater, Tochter, und eine Tante aus Goslar zu Besuch. Er war schweigsam, fast mürrisch. Zum Glück lief ständig der Fernseher. Am nächsten Tag mähte er den Rasen und schnitt die Hecken zurecht, um nicht nur dazusitzen und mit stummen Blicken gefragt zu werden, was mit ihm denn eigentlich los sei, ob er mehr als Guten Morgen, Guten Abend sagen konnte. Blicke, auf die er keine Antwort geben wollte, Blicke, die ihn stumm werden ließen.

Und davon hatte er also drei Jahre lang geträumt?

Die Maske. Masken. Oder: Du mußt jemand sein, denn jeder ist doch wenigsten etwas. Die alte Geschichte. Uralt. Er lag auf dem Bauch und hatte die Augen geschlossenen am Strand von Maryland. Isabelle ging ihm aus dem Weg, versteckte sich. Guido blieb in der Sonne liegen und war wie gelähmt. Sie trug eine Maske, er trug eine Maske. Sie machten sich etwas vor. Verlorene Gesichter. Mit ihren Eltern spielte sie sonnige Sorglosigkeit und glaubte vielleicht selbst daran. Die Welt war doch schön, der Himmel blau. Seine Hand warf Schatten. Isabelle zog ihren Bikini an und der Sand rieselte auf seinen Rücken. Träume hingestreckt, ausgestreckt, verbrannt. Die Zeit zog sich lang wie ein Gummiband, spannte sich wie ein Zwirn, auf dem er balancieren mußte. Guido, ein Seiltänzer mit einem buntem Schirm über einen gähnenden Abgrund hinweg. Wohin? Die Tage reihten sich wortlos an stumme Nächte. Guido mit sich allein. Geschlossene Augen, da, wo nichts ist, vielleicht noch die Hoffnung. Hoffnung auf einen verirrten Sonnenstrahl, der seinen Weg in die Rumpelkammer der Gefühle finden würde. Erinnerungen an den Anfang, und nicht eine Schuhgröße davon entfernt das Ende. Asche fiel in den Sand. Durst klebte ihm seine Zunge am Gaumen fest. Undurchschaubare Wirklichkeit. Schweiß lief ihm über die Augenlider, Möwenschreie warnten ihn, weckten ihn. Tatterich in den Händen. Er schwitzte alles aus, und... „Diese Amerikaner!" lästerte irgendwer schon wieder.

Worum drehte es sich: Lift ring, Push back! Er wollte heraus. Und sonst? Das Wiehern in die Enge getriebener Seepferdchen im Aquarium seines Kopfes.

In Washington verkroch sich Guido in dem kleinen Zimmer unter dem Dach und verharrte in einer Ausdruckslosigkeit der Gedanken. Er legte sich auf den Rücken und schob sich dicke Kissen in den Nacken, hatte versucht die Gedanken festzuhalten, seine Vorstellungen - ein Karneval. Dazu spielte Cecil Taylor vom Band.

Am Abend, als die Bäume vor dem Fenster schwarze Schatten wurden, blätterte Guido in einem Roman von Dostojewski, der mit den Worten endete: „Und ich las in ihren Augen: Wie glücklich hätten wir beide zusammen sein können..." Isabelle ging mit Mark Twain in die Badewanne. Guido dachte sein großes Vielleicht: Vielleicht habe ich mich zu lange nur mit mir beschäftigt, vernarrt ins Selbst und jede Antwort hinterfragend. Ich, immer nur denkend, habe die Leere voll Farben geträumt. Da bin ich, bin einfach da und die Stimmung dieses Abends taucht mich in das vorbeischleichende Vergessen, als würde ich schwimmen lernen müssen, schwimmen in diesem Irgendwo, in dem ich mir lautlos Mut zurede. Und doch, ich denke zuviel darüber nach, denke es mir aus, das Leben, das ich nicht lebe. Was ist nur mit mir los, ich komme nicht raus?

In dem alten Roman, in dem er in eine andere Welt entkam, schneite es gerade. Grau und kalt zeigten sich die Fassaden von Sankt Petersburg. Ein Labyrinth, durch das verschreckte Gestalten mit zerrissenen Gesichtern taumelten. Schatten, denen er folgte... Und in seinem Kopf blühte die Metamorphose einer verbeulten Blechbüchse, die zu einem Gebirge heranwuchs. Eine Ameise trug das Gebirge davon, weil es ihr den Weg zum anderen Ende des Kopfes versperrte... Das war seine letzte Antwort.

Aber schließlich änderte er seine Lage. Befreite sich aus der Gemütlichkeit, um ein paar Schritte zu machen. Schlich die Treppe für einen Schluck Orangensaft hinab in die Küche. Da überraschte Isabelle ihn direkt am Kühlschrank und schmierte ihm ihre Creme auf die Brille.

Behäbig sperrige Gedanken spielten mit übereinander purzelnden Gefühlen: „Ene mene mu und raus bist du." Guido irrte mit einem Funken Verstand über den Jahrmarkt der Phantasie, Vorstellungen boten sich an: Treten Sie ein, meine

Damen und Herren, hereinspaziert, hereinspaziert, wer will noch mal, wer hat noch nicht! Guido hielt sich mehr und mehr für einen Versuch, sein Leben für ein kurioses Experiment, in dem sich exotische Individuen versteckten, von denen aber keines er selbst war, ein Dickicht, in dem er sich durchschlagen mußte. Noch versuchte er, sich zu finden, obwohl er sich längst fragte, ob es überhaupt jemanden geben konnte, der fragen und finden konnte. - Aber wenn er sich gefunden hätte, würde er sich sowieso nicht glauben, für einen Moment vielleicht, selbst wenn die Ameisen Berge versetzen könnten.

„Entschuldigung für heute", sagte Isabelle und küßte ihn. An den monströsen Kühlschrank gelehnt sprach sie über ihre Gefühle: „Weißt du, ich liebe dich, aber ich will keine Erwartungen erfüllen. Ich kann nicht immer die liebe gute Isabelle sein, und wenn du schlechte Laune hast, dann ist das nicht meine Schuld... Manchmal will ich einfach meine Ruhe haben, keinen sehen, nur für mich selbst sein, dann muß ich dir aus dem Weg gehen, kann es nicht leiden, wenn du mich umarmst, festhalten willst. Dann wieder würde ich dich am liebsten gar nicht aus den Augen lassen, wäre am liebsten dein Schatten... So bin ich, und will mich auch für dich nicht ändern."

„Ja, aber hab´ ich gesagt, daß du dich ändern sollst?"

„Nein, aber du hast manchmal Blicke drauf! Die machen mich richtig sauer und ich denke mir, du kannst mich mal."

„Ich will dich nicht ändern. Aber ich habe Schwierigkeiten, mit deinen Launen umzugehen. Ich weiß, daß du so bist wie du bist. Wenn du anders wärst, wäre es wahrscheinlich sogar langweilig, und wenn du genau so wärst wie ich mir das vorstelle,... Meine Vorstellungen kenne ich ja in- und auswendig."

„Ich habe da schon ganz andere Beziehungen erlebt, jede Kleinigkeit mußte erklärt, diskutiert, analysiert werden... ich kam mir vor wie unter psychiatrischer Beobachtung..."

Im Wohnzimmer vor dem Fernseher mit seinen 120 Programmen, nickte ihnen Isabelles Vater schlaftrunken aus der Sofaecke zu, ihre Mutter zappte während der Werbung die Programme rauf und runter, so wie jeden Abend, die ganze Woche lang.

Auf dem Weg nach...

Jetzt mit einem Auto der Driveaway Corporation. Nicht nach Chicago, nicht nach Los Angeles... nach Huntsville, Alabama. Erst mal heraus aus Washington. Die Appalachen entlang in Richtung Süden. Die Nacht verbrachten sie in Roanoak, Virginia, gleich neben Lynchburg. Straße, endlich wieder die Straße. Temperaturen bei 35 Grad Celsius, Fast Food, Potemkinsche Dörfer. Roanoak, eine Stadt, über die Guido nicht mehr sagen konnte als: Roanoak.

Seit mehr als zwei Wochen war Guido jetzt mit Isabelle zusammen, sah sie jeden Tag bis zum Abend, schlief nachts neben ihr und wachte jeden

Morgen neben ihr auf. Und doch war es für ihn manchmal so, als hätten sie sich nicht wirklich getroffen, als liefen sie nebeneinander her, parallel, ohne sich zu berühren. Die Euphorie war verflogen und alles war ganz normal, nichts besonderes. Schrecklich, dachte Guido, der Funke springt nicht über. Straße. Achthundert Meilen in drei Tagen mit einem kreischenden Radio, das eine permanente Geräuschkulisse war. Damit das Schweigen nicht hörbar wurde.

Ab und zu ließ sie ein paar Worte fallen wie ein Orakel: „Du hast schon recht mit der Maske, aber sie ist nicht aus Porzellan, sondern eine zweite Haut aus Wachs. Mein Lachen ist darin erstarrt... Es ist nicht leicht, aus unserer Phantasie die Wirklichkeit zu basteln, könnten wir nur endlich wieder Drachen steigenlassen wie die Kinder in brausenden Herbststürmen.‟

Guido saß hinter dem Lenkrad, kilometerfressend. In Chattanooga kaufte er sich »Lord Of The Flies« von William Golding als Taschenbuch. Für Guido war es wie ein Erwachen aus den verklärten Vorstellungen von Edgar Rice Burroughs. Nicht mehr die Fiktion von einem nackten, bleichen Menschenkind, das im Urwald von den Affen großgezogen wird, um das personifizierte, unüberwindbare Gute zu werden. Und vor ein paar Jahren hatte Guido wohl noch geglaubt, daß er ein neuer Tarzan hätte werden können. Aber mit einem Mal sah es ganz anders aus, auch nicht so wie in »Zwei Jahre Ferien« von Jules Verne, das er so sehr liebte. Nein, erst einmal ein Junge, der die

Zivilisation von sich wirft, Schuhe und Strümpfe der Uniformität auszieht, gestrandet ist auf der geheimnisvollen paradiesischen Insel.

„Der »Herr Der Fliegen« ist ein wirklich gutes Buch. Ich habe es vor ein paar Monaten auf deutsch gelesen, kann ich dir wirklich empfehlen."

„Aber du hast mir ja schon alles erzählt."

An einer Tankstelle in Huntsville, Alabama, krochen die Träume unter den Wagen und fuhren als blinde Passagiere mit, hatten Sand in den Augen, und waren selbst nur Sand in der Wüste. Gelbes Neonlicht flackerte auf und kein Lüftchen rührte sich. Benzindunst breitete sich schwebend aus und mit dem Kopf im Nacken suchte er nach den Sternen am schwarzblauen Himmel, Sternen, denen er noch folgen konnte. Straßenkreuzer drifteten vorbei, kamen durstig unter fließendes Licht...Und morgen? Er hatte Angst, sich zu bewegen, die Schatten zu erschrecken, zu sehen, daß nichts blieb.

Auf einem leeren Parkplatz verbrachten sie die Nacht, zwischen Huntsville Pharmacy und Turner´s Pharmacy. Hinten rechts das Huntsville Hospital, und links hinter ihnen der wie ein silberner Stoßzahn ins Dunkel ragende Kirchturm der First Baptist Church of Alabama. Nein, kein Elfenbeinturm. Der angestrahlte Turm sah doch eher aus wie eine Rakete, glänzend poliert, kurz vor ihrem Abschuß in den siebten Himmel. Der Countdown lief, kurz nach 11 p.m., Central Time.

Morgen wird dieses Heute schon vorbei sein, und wer weiß schon, was dann noch ist, fragte sich

Guido. Wenn ich es wüßte, hätte ich es schon... verloren, das, was ich nicht festhalten kann, das, was jetzt einfach da ist. Und selbst wenn es anders wäre, würde ich es immer wieder verlieren...

Für ein paar Wochen war er den kahlen Mauern der Gewohnheit entkommen, dem gleichen Weg zur selben Zeit, dem Sechsling Woche, der Langweile des Sonntagnachmittages. Montagmorgenblues. Zwang. Aber da, diese fixe Idee: Freiheit, neben ihm, auf der Tischplatte, im Staub und Geruch der alten Bücher. Idee der Freiheit in seinem Zimmer, einer Streichholzschachtel, als ihm die Wege der Umgebung wie die Rille einer Schallplatte erschienen. Immer die gleiche Leier. Bewußtsein, fließend wie Wasser, durch die Risse der Realität sickernd, ausfüllend, umschließend... Sein Bewußtsein trat unvermittelt auf, und er wußte nie, wann es ihn wieder einmal erwischen würde. Jetzt war er in Huntsville, Alabama, auf der anderen Seite des Nordatlantiks, vor einem blank polierten Raketenkirchturm, und er wird es erst begriffen haben, wenn es vorbei sein wird, er sich daran erinnert.

Am nächsten Morgen hatten sie den Wagen abgeliefert und warteten jetzt neben einem surrenden Getränkeautomaten im Schatten. Temperatur bis zu 40 Grad Celsius. Das digitale Fahrenheitthermometer auf dem Dach des Hauses gegenüber pendelte zwischen 104 und 106 Grad. Guido hockte auf dem Boden, lehnte sich mit dem Rücken gegen die roten Backsteine eines Fitness Centers für die amerikanische Hausfrau. Davor die flimmernde Steinwüste eines riesigen Parkplatzes. Auf der nahen Interstate schleuderten dröhnende Trucks schwarze Wolken aus verchromt blitzenden Auspuffrohren in einen blauen Himmel. Guido holte sich eine kalte Coke, die er innerhalb von dreißig Minuten wieder ausschwitzen würde, auch ohne sich bewegt zu haben. Isabelle und Guido in Sweet Home Alabama. Sie warteten auf den Greyhound Bus nach New Orleans, 7.55 p.m.

Wovon träumten die Kinder auf dem Plastikspielplatz bei McDonald´s? Astronauten, Supersportler, Retter der Welt im Tarnanzug?

Walt Disneys Welten, die Glotze schon im Kindergarten, amerikanische Träume zwischen Fast Food und Downtown, West Coast, East Coast, Mooncoast...

An der verschwommenen Grenze zwischen Reality TV und wirklicher Realität... Das Leben, ein schlechter Film.

Der Bus hatte Verspätung. Ein glühender Tag erstickte in einer schwülen Nacht.

In den Fenstern des kleinen Warteraums der Busstation spiegelten sich die Frontlichter einer langen Autoschlange, die wie Sterne auf einer Schnur vorbeizogen. Der Bus kam. Unruhiges Gewirr der Stimmen, Menschen, die voneinander Abschied nahmen.

Isabelle und Guido setzten sich in die vorletzte Reihe, dorthin, wo Rauchen erlaubt war. Er konnte den Gestank seiner Füße nicht mehr ertragen, behielt seine Schuhe an, und erzählte ihr von dem Morgen bei Chincilla de Monte Aragón in Spanien.

Ein früher Morgen in der La Mancha, irgendwo bei Albachete: „Die Frontscheibe war mit Eisblumen übersät. Wir schliefen zu dritt in dem Opel Rekord und mir war saukalt, aber die Sonne ließ sich einfach nicht blicken. Die anderen schnarchten noch zusammengeknüllt in ihren Schlafsäcken. Eigentlich wollten wir ja bis zu den Pyramiden... nur über die Straße von Gibraltar und dann links über Algier, Tunis, Tripolis, Kairo... Es war Mitte Dezember und der Wagen warnte uns in Almeria mit knallenden Fehlzündungen, bis schließlich, trotz des gezogenen Zündschlüssels, der Motor immer weiter lief. Das Radio hatte kurz zuvor einen Totalausfall und wir mußten abends immer die Batterie abklemmen. In dem Buch »Jetzt helf´ ich mir selbst« stand für diese Symptome nur: Sofort Werkstatt aufsuchen! Von wegen jetzt helf´ ich mir selbst... An diesem kalten Morgen ließ die Sonne sich einfach nicht blicken und ich machte mich allein auf den Weg zu dieser Stadt, die aussah, als hätte sie jemand auf einen überdimensionierten Stalakmiten gekleckst. War dies eine dieser berühmten Städte, die nur in einem Garten aus Eisblumen sichtbar werden? Ich ging und ging. Der Weg war weiter, als ich gedacht hatte, aber ich erreichte die Stadt. Eine kleine Stadt, ganz gewöhnlich. Erst gegen Mittag war ich zurück beim Wagen und die anderen waren ziemlich sauer... Aber es war ein schöner Morgen, an dem ich mir vorgenommen hatte, ein anderes Leben zu beginnen. Ich hatte mir vorgenommen, mich nicht mehr zu sträuben, das Spiel mitzuspielen. Ich wollte nicht mehr davonlaufen, nicht alles wieder abbrechen, wie die Dekorateurlehre, bei der ich drei Monate lang Röllchen in Gardinen fädelte. Hätte ich durchgehalten, hätte ich jetzt ein Stück Papier, auf dem klipp und klar stünde, wer und was ich bin... Zumindest wollte ich damals noch etwas werden...“

„Und? Weiter?“ fragte sie, tief im Sitz versunken, die Knie an den Vordersitz gedrückt.

„Na ja, der Joker war ziemlich aufgelöst, hatte er doch zwei dicke Kissen und einen Koffer mitgeschleppt, während ich... Wäre der Wagen total verreckt, hätte er ziemlich blöd dagestanden. Würdest du einen Tramper mit zwei Sofakissen im Arm mitnehmen?“

„Nein, das meine ich nicht, ich meine dich, was war mit dir? Du hattest dir doch etwas vorgenommen, hast du es erfüllt, bist du jetzt wer, oder willst du noch jemand werden?“

„Manchmal schon, aber ich denke mir, daß es schon schwer genug ist, herauszukriegen, wer ich eigentlich bin, da muß ich nicht noch etwas werden. Obwohl es nicht immer so einfach ist, so zu leben, ganz ohne Plan.“

„Das verstehe ich nicht“, sagte Isabelle abwehrend, „wieso Plan?“

„Na ja, ich denke, daß ich schon etwas oder jemand bin, daß aber jedes Einfügen, Einlassen... weiß nicht, wie ich es nennen soll... in einen Plan, ein Schema ist, das nur scheinbar paßt, eben weil ich mich angepaßt habe, in diese Form gepreßt habe...“

„Das ist mir wirklich zu wirr Guido.‟

Der Bus raste durch die Nacht. Ein Typ in der letzten Reihe hörte über Kopfhörer Radio. Er saß allein, sang vor sich hin, oder erzählte lallend sich selbst Geschichten - in so einem Mississippi-delta-Dialekt, zumindest vermutete Guido das. Der Mann schnorrte sich eine Zigarette, in Birmingham stieg er aus, fast alle stiegen aus. Isabelle und Guido setzten sich nach hinten auf den Dreiersitz neben dem *washroom*, streckten für einen Augenblick die Beine aus, bis plötzlich der ganze Bus wieder voll war. Zwei Typen, mit den obligatorischen Baseballkappen und Schuppen in klebrig fettigen Haaren, vor ihnen. Als der Bus Birmingham wieder verließ, war Guido eingeschlafen, dämmerte über dem Gestöhn des Motors. Rumpel. Klapper. Brumm. Doch im Luftzug der Aircondition war es fast zu kalt, um einfach nur ruhig dazusitzen.

Elf Stunden Fahrt. Endlich New Orleans. Die beiden Typen vor ihnen hatten ihre Käppis noch immer auf. Guido hatte gedacht, daß das nur Cowboys machen.

New Orleans, morgens um acht Uhr. Basin Street. Guido suchte durch die blaugetönten Scheiben des Greyhoundbusses nach dem Bluesman... sah ihn im Vorbeifahren im Regenbogenhemd mit ölverschmierter Mütze.

Frühstück mit Ei und Schinken. Fetzen italienischen Wortschwalls schwappten aus einer Ecke der Bar herüber. Danach suchten Isabelle und Guido lange nach einem billigen Hotel, fanden es auf der St. Charles Street. Ein Zimmer mit schwarzen Jalousien vor den Fenstern, dahinter gleich die Straße. Ein Badezimmer mit einer winziger Badewanne, nicht einmal einen Meter lang. „Aber das Allerallerbeste ist der Ventilator über dem Doppelbett... ist irgendwie mit dem Lichtschalter gekoppelt."

Sonntag auf der Rue Dauphine, New Orleans, Louisiana, kurz hinter der Ecke St. Louis, auf roten Steinstufen zu einer weißen Tür schnitt sich Isabelle ihre Fußnägel: „Bleiben wir noch etwas länger hier? Dann kann ich mir nämlich noch die Nägel feilen."

Sie kamen gerade aus einem muffigen Wachsfigurenkabinett, finster wie in einer Geisterbahn. Isabelle und Guido blieben kühl. Deswegen waren sie ja auch hineingegangen... Wieder auf der Straße, wieder lebende Menschen. Guido freute sich. Luft, Sonne...

In stinkenden Turnschuhen, mit Schweiß auf der Stirn, versuchte er, Geschichte zu machen, seine Geschichte: Ich trage keine Socken mehr, verstecke mich vor der Sonne und habe Schuppen. In kurzer Hose lasse ich mich x-beinig unter einer Bananenstaude fotografieren, lache... New Orleans, eine Stadt, in der ich von Frankreich träume, an Spanien denke... Louisiana, viel zu heiß für meinen Blues.

Zurück im Zimmer mit dem Windmacher an der Decke, dem Doppelbett vor dem Fenster, den schwarzen Jalousien und einem alten Stuhl neben dem Bett. Das kleine Radio war unerschöpflich. Ein rosa Badezimmer mit Zwergenbadewanne. Bade-zimmer, in dem es von der Decke tropfte. Weiße Fenster mit schwarzen Moskitogittern. Guido mit einem dicken Pickel zwischen den Augenbrauen - das Neue in seinem Gesicht.

Das Bett stand so im Zimmer, daß er nur eine Handbreit den Kopf heben mußte, um zu sehen, was mit der Welt da draußen los war.

Isabelle meinte: „Das Gute an Pickeln ist, daß sie immer wieder weggehen, von ganz allein."

Weggehen, von ganz allein... Er blieb auf dem Bauch liegen und griff zur Orangensaftflasche auf dem Stuhl. Zwischen tausend und neunhundert Kilohertz suchte eine E-Gitarre nach ihrem Solo. Er griff an der Flasche vorbei, als ihm einfiel, daß sein liebstes Wort „Guggeldiemuggel" war. New Orleans. Auf der Straße lachte jemand ein lautes Stakkato. Gleich danach polterte der rote Straßen-bahnwagen die St. Charles hinauf.

Auf dem Moonwalk am Mississippi glaubte Guido sich mit dem *Girl From Ipanema* im Urlaub: „...watch her so sadly... give my heart gladly... but she doesn´t see..." Sie wollte es nicht, das Herz. Er wischte sich den Schweiß aus dem Nacken und aß das letzte zerflossene Stück Hershey´s Almond Schokolade. Dicke klebrige Mandeln, die sich anfühlten wie die Saat für neue Schokoladenbäume.

Isabelle hatte Geburtstag und Guido schenkte ihr ein rotes Heft mit Gedichten in grüner Tinte. Seine Gedichte. Gedichte, wie diese hier:

in strömendem Regen
unter blattlosem Baum
sehe ich den Enten auf ihrem grünen Tümpel zu
bis ich aufstehe
über graue Pfützen springe
zu dir komme...

Und:
> als ich dich vor Jahren traf...
> Jahre? - Augenblicke!
> da hatte ich gefragt: Wohin?
> Weitergehen, hattest du gesagt
> wir werden uns wiedersehen... weitergehen
> jeder für sich
> ich ohne dich...
> Augenblicke, Jahre...
> ein Gedicht für dich
> Worte aufs Papier gestreut
> gestammelt
> jetzt wo wir zusammen gehen

In einer Eckkneipe auf der Bourbon Street hingen abgegriffene Cowboyhüte als Lampenschirme unter kahlen Glühbirnen. Diffuses Licht. Eine dicke Bluesmama stand auf einer sehr klein wirkenden Bühne und fragte, ob irgendwelche Leute aus Texas da wären. Grölen in der Menge, die sich von draußen hereindrängte. Ein paar Leute an den Tischen hoben stolz und lässig den Arm. „Ja, ja, ihr wißt ja, da gibt es die größten Kakerlaken!" Die Band stampfte los, sie sang: *Sweet Home Chicago* und kurz vor Mitternacht dann auch noch *Happy*

Birthday von Stevie Wonder. Isabelle sah Guido staunend an und kriegte ihren Mund nicht zu. Er erzählte ihr, daß er am Nachmittag schon einmal kurz hier war, mit der Band gequatscht hätte. Und die Bluesmama zwinkerte ihnen zu. Isabelle bestellte noch zwei Bier. So einen Geburtstag hatte sie noch nicht erlebt.

Eine dürre, schlacksige Gestalt zappelte wie ein skurriler Schattenriß im Türrahmen, tanzte wie eine Marionette, die sich in ihren Fäden verheddete. Um halb zwei Uhr verließen Isabelle und Guido ihren Platz an der Theke und gingen langsam zurück zum Hotel. Guido erinnerte sich an ihren Geburtstag vor zwei Jahren, als er zufällig vor ihrer Tür stand, nicht wußte, daß sie Geburtstag hatte. Er ihr enthusiastisch von Paris erzählte, und plötzlich hatte sie gesagt: „New York würde dir sicher auch gefallen. Manchmal habe ich es mir vorgestellt, Du und ich in New York." New York, sie und er, schon vorbei, war Geschichte... Es war einmal, war wirklich, obwohl es nicht so war, wie ihm seine Träume vorgegaukelt hatten. Und nichts hatte sich geändert. Er wußte noch immer nicht, wer er war, stellte Fragen und verschluckte sich an den Antworten. Auf dem Weg von Paris nach New York, jetzt schon in New Orleans... weiter, auf Abwegen... Niemand würde sie hier finden, sie wären verschwunden und würden neu beginnen. Es wäre ein ganz anderes Leben, blieben sie nur in New Orleans. Aber morgen würden sie wieder weiterfahren, das Hotelzimmer in der St. Charles hinter sich schließen, zwei Querstraßen nur bis zur

Perdido, remember Bird and Diz, Chazz Mingus, May 1953... Perdido... Perdu. Und er ging Arm in Arm mit ihr, nachts die Bourbon Street entlang... und weiter.

Am nächsten Tag nahmen sie für 70 Dollar den Bus Richtung Brownsville Texas. Kamikaze. Das Geld wurde langsam knapp, sie mußten sparen. Ein grauer Himmel über grauen Betonfußwegen. Als der Bus New Orleans verließ, fing es an zu regnen, und in den Hotelzimmern würde die Farbe weiter von der Decke bröckeln, Käfer und Kakerlaken weiter unter den Betten hindurch irren, die braunen Spinnweben auch weiterhin wie zerschlissene Fahnen im Wind der Ventilatoren wehen. Regen auf den Straßen, au revoir New Orleans, und der Busfahrer mußte die Tür des Busses mit einer Kurbel schließen.

Kurzer Stopp in Lafayette. Eine Blonde stand im abgestandenen Licht der Busstation, einen bunten Schlafsack umarmend. Im Bus gab es keinen Platz mehr für sie. Trotzig aufgeworfene Lippen. Sie lehnte sich fassungslos an eine graue Kiste, dahinter die Telefonapparate. Der Busfahrer schloß die Tür. Nur zehn Minuten in Lafayette.

Houston, Texas. In der Busstation roch es nach Bohnerwachs. Aufregung, Hektik beim Suchen des Busses nach Mexiko. Für einen Vierteldollar gab es in den Ecken den Krieg zur Unterhaltung aus den Spielautomaten. Eine schöne Skyline versank im Abendrot. In der Nacht zuckten gezackte Blitze durch das fahle Licht des Mondes.

San Antonio. Wieder Regen hinter den verspiegelten Scheiben des Busses. Ein neuer Tag begann. An einem schmierigen Imbiss im Busbahnhof: „Bus. Bus. Bus... und nicht mal ein richtiger Kaffee."

„Dennoch, du wirst dich daran erinnern, wenn wir woanders sind", sagte sie.

In den rostigen Stacheldraht verliebte Kakteen unter der Cowboysonne. Die Busfahrer waren hier auch Briefträger. Weiter, Kilometer für Kilometer, Meile hinter Meile. Vorbei an den gigantischen Reklamewänden in Spanisch, die die Landschaft verdeckten.

Die Straße schlug Guido hart den Asphalt zwischen die Augen. Seine Blicke schwankten zitternd zum Horizont, er ließ den Kopf aus den Händen fallen. Ein Klirren. Zeit, in der er weiterirrte. Die Blicke suchten Guido... Erst Stunden später fanden sie ihn wieder. Sein Gesicht, gespiegelt in der Scheibe des Busses. Guido schon wieder in einer anderen Welt.

Nach 23 Stunden Fahrt verließen zwei von der Aircondition ausgekühlte, übermüdete Gestalten den Bus in Brownsville, Texas, stolperten in ein Hotel und fielen auf das Doppelbett. Dusche. Toilette. Guido zerdrückte die Zigarette im Aschenbecher rechts unter der Lampe neben dem Bett, drehte sich auf den Rücken, stopfte sich die Kissen in den Nacken. Kein Ventilator an der Decke, nur eine jaulende Klimaanlage. Ein Bett wie ein Brett, 1,90 m breit und am Fußende »Dallas« im Farbfernseher. Für Guido das erste Mal »Dallas«, doch er verstand kaum ein Wort von diesem Kaugummienglisch.

Grenze. Rio Grande. Ein Drehkreuz wie in der New Yorker Subway, oder wie am Eingang eines Supermarktes. Für 10 Cent gingen sie auf eine Brücke über den großen Fluß - ein Rinnsal gelbbrauner Brühe dieser Rio Grande. So einfach war es von Nord nach Süd zu kommen...

Während der Taxifahrt von der Grenze zum Busbahnhof sah Guido einen staubigen Cowboy die Straße überqueren, den Revolver lässig im Holster. Lag der Wilde Westen denn im Süden? Matamoros. Die Straße war eine aufgerissene Asphaltdecke, meistens jedoch nur Schotter. In der Busstation wollten Isabelle und Guido sich die Fahrkarten nach Tampico kaufen, die sie brauchten, um ein Visum zu erhalten. Doch der Grenzer zeigte immer wieder auf Guidos Reisepaß und redete auf spanisch auf ihn ein. Guido verstand kein Wort. Am Fahrkartenschalter drängte sich ein Pulk wild gestikulierender Männer. Isabelle und Guido kam ein englisch sprechender Mann zuhilfe, besorgte ihnen die Fahrkarten und erklärte dem Grenzer, daß Guidos Paß nicht abgelaufen, sondern, daß das fragliche Datum Guidos Geburtsdatum war. Und der Retter, der ihnen die Fahrkarten besorgt hatte, riet ihnen noch, besser deutsch als englisch zu sprechen, wenn sie schon kein Spanisch verstünden.

Holterdiepolter, fünfhundert Kilometer in einem mexikanischen Bus. Straßen ohne Mittelstreifen, echte Piste. Gas, Bremse, und am nächsten LKW vorbei. Irgendwo zwischen ein paar Kakteen und

Yuccapalmen wieder ein Stopp, ohne daß eine Stadt, oder ein Dorf zu sehen war. Traumland-schaft, dazwischen ein paar Hütten, flach auf den Boden geduckt. Der Bus war gerammelt voll. Die Leute standen mit Sack und Pack, in grobe Stoffe gehüllt, bis hinten im Gang. Indianische Gesichter, die die blassen westeuropäischen Touristen un-entwegt anstarrten, als fragten sie sich, was denn diese Bleichgesichter hier verloren hatten? Ja, was eigentlich? Und schon wieder eine Nacht im Bus. Nacht, in der sich Isabelle und Guido versteckten, sich kaum auf ihren Sitzen rührten, kein Wort wechselten, um bloß nicht aufzufallen, bis sie ge-gen ein Uhr nachts Tampico erreichten, Tampico, im Atlas nur einen Fingerbreit unter dem nördli-chen Wendekreis, auch in der Nacht noch viel zu heiß für ängstliche Touristen aus der kühlgemä-ßigten Zone. Guido fühlte sich, als hätte er Matsch im Kopf. Im Schweiß zerstampfte Gedanken, ver-mischt mit leuchtenden Bildern: Die Sonne aus Blattgold stürzte durch graublaue Wolkengebirge auf das verzerrte Gesicht der Erde.

Bevor es aber vom Busbahnhof zum Hotel gehen konnte, mußte der Taxifahrer erst einmal mit einem Kollegen den Wagen kurzschließen. Und schon bei der ersten Bodenwelle sprang die Kofferraumtür auf und winkte in die Nacht. Ein Dröhnen und Klappern, als säßen sie direkt auf dem Motor. Hinein ins Getümmel. Ein Gewirr wie in einem Ameisenhaufen. Da, ein aufleuchtender Jahrmarkt. Vorbei. Und weiter. Guidos rechte Hand suchte nach dem Griff in der Tür, nichts, aber zum Glück eine Tür. Dunkle Straßen wie auf einer unbeleuchteten Baustelle, doch überall Menschen. Zornig spuckten die Babies ihre Nuckel aus und schrien los.

Der Aschenbecher im Hotel war auf dem Tisch festgeklebt. In einer Ecke stand ein fächernder Ventilator, schwenkte hin und her, der ewige Nein-sager. Und eine wirklich fette Kakerlake, finger-lang, huschte als Schatten über den Duschvorhang. Nach drei Tagen verließen sie Tampico wieder, flüchteten fast. Isabelle traute sich nicht allein auf die Straße und Guido machten die Blicke nervös, die sie fast durchbohrten. Er träumte von fliegenden Menschen, die wie Wolken über das Meer kamen, Wind in geöffneten Händen. Zitternde Hände. Dann wieder der Kopf, der auf den Asphalt schlug.

Isabelle und Guido hockten am Busbahnhof in Tampico unter kreiselnden lila Ventilatoren vor dem weiß-orange gestreiften Stand der Saftver-käuferinnen. Roter, brauner und gelber Saft in großen Glasgallonen. Obenauf schwammen Eis-stücke. Hinter dem Stand zwei Verkäuferinnen in orangenen Kitteln, schwarze Haare. Alle haben hier schwarze Haare, nur Isabelle nicht, wir sind Mutanten, dachte sich Guido.

Blaß und blond saß sie neben ihm und als wären sie nackt, hefteten sich die Blicke der pulsierenden Menge an sie, blieben durchbohrend an ihnen hängen.

Fünf Stunden saßen sie schon dort und mußten noch mal so lange warten, bis sie der Bus nach

Saltillo in Richtung Norden mitnehmen würde. Also wieder eine Nacht im Bus. Sie warteten.

Isabelle hatte geträumt: Sie will Volleyball spielen und geht zu einer Turnhalle, dort sagen sie ihr, geh´ zur Schwimmhalle, dann siehst du die Geräte, die wir dafür zur Verfügung haben! Sie begegnet Guido: Er hat mit einem Freund ein Auto geklaut und zu dritt sind sie auf der Flucht durch Mexiko... jemand sagt: Tristessa macht mir Sorgen - da wachte sie auf.

„Wer ist denn Tristessa?" fragte Guido, als sie ihm davon erzählte.

„Keine Ahnung."

„Es gibt ein Buch von Kerouac..."

„Erzähl´ mir bloß nicht, was drin steht, vielleicht will ich es ja noch lesen."

Stromausfall. Die lila Ventilatoren an der Decke drehten sich kraftlos ins Leere, das Eis auf den Säften löste sich auf. Und zwischen dem Dieselgestank und dem Motorengedröhn, kurz vor dem Einsteigen in der Hektik der Abfahrt - wohin mit dem Gepäck, wo waren die reservierten Sitzplätze? - sagte sie überraschend zu ihm: „Aber über das, was wir füreinander sind, denken wir jetzt nicht mehr nach - okay?"

Guido dachte nicht darüber nach, dachte noch immer: Es wird sich schon zeigen, mit der Zeit... Was macht sie sich nur für Gedanken? Dann: Isabelle küßt ihn auf die Nase und ein weißes Bonbon bleibt daran kleben, darauf ist *gringo* eingeprägt... Auf einem Fahrrad rast er mit ihr auf dem Gepäckträger davon... Wehende Haare, offene Münder, wie in der Achterbahn auf dem Schützenfest... Kurz vor einer roten Backsteinmauer wacht er auf, reißt seine Augen weit auf. Der Bus flog wie eine silberne Zigarrenhülle durch einen Sturm im Ozean der Nacht.

Saltillo am Morgen. Kathedrale im Churriguersco-Stil, von der die Reiseführer schwärmten, daß sie die schönste und größte Kathedrale Nordmexikos sei. Isabelle und Guido warteten auf den nächsten Bus, saßen an einem gelben Tisch auf orangenen Bänken mit schwarzen Stahlbeinen. Restaurant stand oben drüber. Gelber Tisch und Kaffee aus Plastiktassen. Mit glänzenden Augen staunte sie der Zeitungsjunge an, einen Stapel Zeitungen auf den Knien, seine nackten Füße waren durch die zerrissenen, erdfarbenen Schuhe zu sehen. Mexiko. Andere Welt. Isabelle und Guido kamen sich vor wie Besucher vom Mars und verstanden kein Wort.

Sonnenaufgang hinter den blaugetönten Scheiben des Busses, der bereits Chihuahua hinter sich gelassen hatte und weiter in Richtung Norden raste. Ciudad Juarez. Frühstück auf der Avenida 16 De Septiembre Ote. Einen Tag und eine Nacht gaben sie sich zum Ausschlafen und Ausstrecken. Ihre letzten Pesos gingen für eine Packung Kekse drauf. Zurück über den Rio Grande. El Paso. Guido hatte einen Ohrwurm von Thin Lizzy, Phil Lynott: „He´s on the run near El Paso...“ El Paso, ein Name mit Wildwestklang und dem Beigeschmack des Abenteuers, der Freiheit... Freiheit für wen?

Sie versuchten zu trampen, mit der schönsten

Aussicht, die Guido je dabei hatte: Blick auf die kahlen Wüstenberge des Ranger Peak und Sugarloaf Mountain... Nein! Nicht Rio de Janeiro – El Paso! Isabelle erzählte ihm von dem Tramper in Denver, an dem sie vor Jahren mit ihren Eltern vorbeigefahren war, und der sechs Stunden später noch immer auf dem gleichen Fleck stand. Schöne Aussichten.

Nach drei geleerten Coladosen aus der Kühltruhe der Tankstelle und Stunden sinnlosen Herumstehens an der Interstate in Richtung East, entschlossen sie sich, die vier Kilometer zurück in Richtung Downtown zu gehen und die restlichen Dollar für den Bus auszugeben. Sie kämen vielleicht bis Dallas, dort müßten sie dann weitersehen... Und das bei dieser Hitze!

Doch an der Copia, Ecke Rivera Avenue hielt direkt vor ihnen ein gelber Toyota Pickup, mit total verbeulter Stoßstange. Der Typ am Steuer lehnte sich aus dem offenen Fenster, hatte seine schwarze Baseballmütze vom Cincinnati Zoo schräg aus der Stirn geschoben und fragte:

„Wohin wollt ihr denn?"

„Richtung Osten, Dallas."

„Zwanzig Dollar Spritbeteiligung?"

„Ja klar."

„Schmeißt eure Sachen einfach hinten drauf und steigt ein." Sie warfen die Rucksäcke auf die Matratze unter der überdachten Ladefläche und setzten sich nach vorn. Die Scheiben waren herunter gekurbelt, Isabelle und Guido hielten ihre Nasen in den Fahrtwind und mit einem Lachen verließen sie El Paso. Ein billiges Radio ließ seine Drähte aus dem offenen Handschuhfach quellen. Wüste, schier endlose Straße. Der Typ, Richard, erzählte, sie sähen aus, als seien sie noch nie in ihrem Leben getrampt, und daß er noch weiter nach Nordosten fuhr, bis Maryland. Isabelle und Guido konnten es kaum glauben. Mit einem einzigen Lift fast zweitausend Meilen! Und für vierzig Dollar würde Richard sie bis Washington D.C. mitnehmen. Ein Koyote lief von rechts nach links über die Straße. „Koyote, Koyote!", schrie Richard, und Isabelle meinte: „Koyote von rechts nach links, das bringt Glück. Hat mir eine alte Indianerin erzählt." Isabelle und Guido bestimmt. Guido kam sich wie ein klitzekleines Krabbeltier vor, das über den Saum einer bestickten Tischdecke läuft, direkt auf die dicken Kuchenkrümel zu. „Hier wohnt niemand. Wer will schon in der Mitte von Nirgendwo leben?" sagte Richard ernst in die entstandene Pause hinein.

Kurz hinter Sierra Blanca machten sie unter einer Brücke der Interstate 10 eine kurze Rast. Richard kochte auf der heruntergelassenen Klappe des Pickups Kaffee auf einem Gaskocher und erzählte, daß er früher einmal Koch bei Red Lobster gewesen war, einer Fish Fast Food Kette, und daß er jetzt schon mehr als ein Jahr so durch die Gegend fuhr. „Jetzt will ich mal wieder bei meiner Freundin in Maryland vorbeischauen... Ihr Freund wird mich sicher mit einer Schrotflinte begrüßen!" lachte er laut. Und als Isabelle für einen Augenblick hinter den spärlichen Büschen verschwunden war, machte er Guido vage Andeutungen über sein „Little girl down in El Paso", so, als wäre er ein Matrose und als hätte er eine Freundin in jeder Stadt: Seemannsgarn.

Ein Güterzug fuhr unter der Brücke hindurch. Der Lokführer winkte, kilometerlang folgten polternde Waggons. Richard zeigte noch stolz seine faltbare Dusche, bevor die Nacht kam, er die verstreuten Klamotten wieder verstaute und es weitergehen konnte.

Richard wollte auf einer Parking Area übernachten. Isabelle fragte ihn, nervös geworden: „Hast du schon mal etwas von Skorpionen gehört?" Er lachte laut auf und fuhr weiter, sagte nur: „Ich habe das Weiße in deinen Augen leuchten gesehen." Schließlich fuhren sie auf eine Art Campingplatz, auf dem schon alle schliefen. Guido und Isabelle packten ihre Rucksäcke nach vorn. „Wir müssen morgen früh schnell weg sein, damit wir nicht noch zahlen müssen", sagte Richard kurz. Klappe zu. Isabelle und Guido krochen in ihre Schlafsäcke hinter dem Wagen. Eine Traube surrender Moskitos hatte sich über ihnen versammelt, fiel über sie her. Kopf runter, auch das kleinste Stückchen freier Haut mußten sie im Schlafsack verstecken. Nach einer unruhigen Nacht zählten sie ihre Stiche.

Ein kühler Morgen, dann stieg die Sonne glühend über die diesige Ebene. Sie fuhren weiter. Frühstück bei Monahans Sandhills: Trockene, sandige Kekse und einen Schluck dünnen Kaffee zum Runterspülen.

Ab Stanton, schon auf der Interstate 20, lag Guido hinten auf der Matratze. Vorn war es zu dritt viel zu eng. Er hatte die Rucksäcke links und rechts neben sich, eine zusammengeknüllte Jacke als Kissen im Genick und eine verbeulte Dose als Aschenbecher in der Hand. Im Kofferradio suchte er nach guter Musik... Stehen die amerikanischen Trucker auf Country Musik, weil es hier, weit entfernt von den großen Städten, nichts anderes zu hören gibt, oder hört man hier nur Country, weil die Trucker drauf stehen? Nur Country, sonst nichts, keinen Rock oder Jazz...

Und die Straße, nur Straße. Am Abend sah Guido durch das verdreckte Rückfenster die Skyline von Dallas aus dem dicken gelben Smog ragen. Auf der Federal 70 hoch nach Oklahoma.

Bei einem kurzen Halt an einem Supermarkt kauften Guido und Isabelle billigen Wein. Ihre Zigaretten hatten sie rationiert. Die Nacht und den nächsten Tag blieben sie am Red River in der Nähe des Texoma Sees.

Die Angler standen bis zu den Knien im Wasser, schmissen die kleinen Fische zurück in den sich wie eine Schlange windenden Fluß. Grenze zwischen Texas und Oklahoma. Unter den Pappeln öffneten sie den Wein. Hinter ihnen schimpfte eine ältere Frau mit ihrem Hund, einer Mischung aus Dackel und Dauerwelle: „Tuffie, it´s bad eating gras!"

Richard hatte Glück, fing einen großen Fisch und spottete beim Kochen über die deutsche Küche: „Wie kann man Kartoffeln nur kochen..." Aber die

Fish and Chips die er brutzelte, schmeckten Isabelle und Guido wirklich gut. Später, beim letzten Schluck Wein, meinte Richard: „Ich kann den Leuten ja erzählen, was ich will, ich weiß ja, daß ich sie nie wiedersehen werde. Was wirklich los ist, will sowieso keiner wissen."

„Was ist denn wirklich los?"

„Na ja, so schön dieses Leben auch scheint, mit dem Wagen von Nord nach Süd, von Ost nach West, wohin es einen gerade treibt... Und wenn man Hunger hat, schnappt man sich einfach einen Fisch... Aber so schön ist das gar nicht. Du hast kaum Freunde... ich meine, keine richtigen. Kennst zwar hier und da jemanden, aber zuhause bist du nirgends."

Am nächsten Tag durch Arkansas. Interstate 40. Guido lag wieder hinten auf der Matratze. Brücke über den Mississippi, schwarze Brückenbogen rasten vorbei, verloren sich in der Ferne. Memphis, Tennessee. Weiter bis fast 70 Meilen vor Nashville. Kurze Nacht auf einer Rest Area an der Interstate. Die Schlafsäcke hatten sie zwischen Parkplatz und Straße auf einem Grünstreifen ausgerollt. Aufsteigende Feuchtigkeit. Die Trucks dröhnten vorbei und unwillkürlich winkelte Guido seine Beine an.

Nach einem Instantkaffee am frühen Morgen gleich wieder auf die Piste. Guido hatte mit Isabelle getauscht und saß allein neben Richard. Die grauen Blöcke Nashvilles zogen im dunstigen Licht vorbei. Der Fahrtwind kämmte Guido die Haare über den Kopf hinter sein linkes Ohr. Sie sprachen kaum mehr miteinander, seit Richard ihm erzählt hatte, daß alles, was ein Schwarzer wolle, eine weiße Frau und ein weißer Cadillac sei.

Alles rannte. Das Radio dudelte ununterbrochen. In den blankpolierten Radkappen der überholten Wagen sah Guido verzerrt sich selbst, den rechten Arm aus dem geöffneten Fenster gehängt. Am Abend lag er wieder hinten und träumte, daß er mit Isabelle Al Capone befreien wollte, sie waren aber auf Korsika, und Korsika war da, wo China ist... außerdem hatte er schon wieder Schokolade gewittert. Er öffnete die Augen und sah den Neonlichtschriftzug eines »Waffelhauses« blinken. Die Nacht roch nach Vanille, hing schwer und süß in der Luft, bis sie in aufblitzenden Funken zerstückelt zerstäubte. Guido blieb auf dem Rücken liegen. Links hinter der Scheibe mit dem Moskitogitter eine Zapfsäule mit elektronischer Anzeige. Isabelle warf ihm einen Kuß zu. Das Krachen zuschlagender Türen. Schon fuhren sie weiter.

Bei einer Kaffeepause an einem See in der Nähe von Knoxville hatte es Richard so auf den Nenner gebracht: „Ihr seid sicher die glücklichsten Tramper in Amerika und macht ein Gesicht wie auf einer Beerdigung?" Ihre Reaktion war nur ein verkrampftes Lachen.

Guido suchte nach dem Feuerzeug für seine vorletzte Zigarette, als der Wagen schaukelnd wie ein Boot im Schwarz der Nacht eintauchte, döste vor sich hin bei der Feststellung, daß das Mondlicht in Virgina grau war... grau wie die Betonfußwege in New Orleans. Interstate 81 East, vielleicht auch schon die 66. Mit der rechten Hand kippte er den Schalter des Radios herunter, es stampfte ihm im Discorythmus den amerikanischen Traum ins Hirn... Eine schwarze Landschaft schwamm in diffusem Licht herum. Sie waren zurück in der Zivilisation. Da blitzte eine schwimmende Insel aus Neonlicht auf: Tankstelle, Holiday Inn und gigantischer Parkplatz. Überall das gleiche, Alles in Allem: Nichts dahinter. Guido schlief ein, fand keinen Traum... und wachte erst wieder auf, als er in die rot-blauen, blau-roten, Lichter eines Polizeiwagens starrte und dachte: Wirklich ein faszinierendes Farbspiel in diesem dichten Grauschwarz durchgerüttelter Nacht. Die Streife war direkt hinter ihnen stehen geblieben. Guido sah zwei Uniformierte aus dem Wagen steigen und blieb reglos liegen. Richard ging ihnen entgegen. Im Scheinwerferlicht des Polizeiwagens machten sie einen Alkoholtest: „Strecken Sie bitte ihre Arme aus - gerade - zur Seite. Legen Sie den Kopf in den Nacken und schließen sie die Augen. So, und jetzt fassen sie sich mit der linken Hand an die Nasenspitze... und jetzt mit der rechten. Okay, in Ordnung. Sie sind über die durchgezogene Linie gefahren. Machen sie öfter Rast und jetzt gehen sie die zweihundert Meter bis dort hinten hin. Gute Weiterfahrt." Dann waren die Cops wieder weg, und Richard, Guido und Isabelle machten einen kurzen Spaziergang am Rand der Straße entlang. Zum Glück hatte die Streife die leeren Bierdosen hinter dem Fahrersitz nicht entdeckt.

„War es denn wenigstens schön?" hatte Isabelle

Guido auf den letzten Metern des 2000 Meilen Rückweges - 2000 Meilen in vier Tagen! - gefragt.

„Ja, es war schön... es war...“

Richard fuhr sie bis vor die Haustür ihrer Eltern und kam auf einen Augenblick mit rein. Er wollte mal wieder ein richtiges Bad nehmen. Isabelle hatte es ihm angeboten. Als er aber die zwei Couchgarnituren von der Tür aus gesehen hatte, wirkte er plötzlich ziemlich befangen. Zwei Wohnzimmer, das eine für besondere Anlässe und das andere für den alltäglichen Gebrauch. „In den USA so üblich“, wie Isabelles Mutter Guido erklärt hatte, als er das das erste Mal verwundert gesehen hatte. Anscheinend doch nicht so üblich; und nach einem kalten Orangensaft, den Richard, ohne sich hinsetzen zu wollen, in der Küche trank, verabschiedete er sich schnell und verschwand mit seinem gelben Toyota in Richtung Maryland.

Den folgenden Tag blieb Guido auf der Terrasse hinter dem Haus unter einem großen Sonnenschirm liegen. Eine dicke Ameise rutschte vom Rand des Glases ab, aus dem er Orangensaft trinken wollte. Sie kämpfte um ihr Leben. Er hielt ihr einen trockenen Grashalm zur Rettung hin. Sie kapierte es nicht. Floh vor dem Grashalm. Er schüttete den Saft unter die verblühten Sonnenblumen hinter sich. Noch war er nicht ganz da, seine Knie zitterten noch immer von dem Gerüttel der Straße. Gestern, morgen, heute Nacht? Wo war er? Irgendwo dazwischen. Er wußte nicht, warum sich die Ameisen in seinem Orangensaft ertränkten... vielleicht schliefen sie zu wenig. Jetzt marschierten sie auch schon zielstrebig auf seinen Kaffee zu... Am Abend versammelten sie sich unter den geknickten Sonnenblumen. Guido hatte sich auf die Couch, die für den alltäglichen Gebrauch, vor den Fernseher geflüchtet. Die Unterhaltungsmaschinerie lief auf Hochtouren. Actionfilme, Schnulzen aus der Traumfabrik und langweilige Talkshows, gewollt lustig und unbekümmert, selbst dort, wo sie es ernst zu meinen schienen. Dazwischen die Werbung für das Allerneueste: Du brauchst es, auch, wenn du es noch nicht weißt! Hol sie dir, die absolut rauchfreie Zigarette!

Guido blieb noch ein paar Tage in Washington. Drückend heiße Tage. Die Aircondition drängte mit einem eintönigen Brummen den verglühten Sommer vor die fest verschlossenen Türen und Fenster. Isabelle fuhr mit ihrer Mutter zum Einkaufen. Er blieb auf der Matratze in dem Zimmer unter dem Dach liegen. Im Radio zerkaute eine aufgeweichte Stimme ihre Aussage. Guido weigerte sich, der Langweile alles zu geben. Langweile, denn ein Abenteuer ging zuende, ohne, daß es eins gewesen wäre... aber schön war es, als die Sonne vom Himmel fiel und am Fliegengitter hängenblieb. Ein Tag für ein paar Einfälle? - Einstürze... Vorsicht! Träumer, andere Straßenseite benutzen! Einsturzgefahr im Wolkenschloß.

Und wenn er eine Geschichte gewußt hätte, eine spannende, mit der alles gesagt gewesen wäre, dann hätte sie sicher so begonnen: Meine Füße haben den Asphalt verloren, der Mund die

Lippen... Von den Worten verlorene Buchstaben wie Treibsand, und da ist mein Kopf unter einem Berg zerfledderter Gedanken verschüttet. Ich finde den Stein der Weisen und mache aus meinem Traum die Wirklichkeit, Gold zu Blei, werfe den Stein in die Luft... Er fliegt, als wäre der Himmel unten, die Erde oben - so als wäre der Himmel ein Abgrund - hinter die schwarze Linie des Horizonts.

In der Metro zum Dupont Circle hatte sie zu ihm gesagt, daß sie nie wieder mit ihm nach New York wollte... „Nie wieder?" - „Nie wieder." Und doch fragte sie ihn noch: „Willst du denn, daß wir noch einmal zusammen nach New York fahren?" - Er wußte es nicht mehr.

Guido war wieder allein, stopfte seine Hände in die Taschen. Er drehte sich nicht um, vorbei, trieb die Straße hinauf, nach vorn, direkt auf den Broadway... Broadway? Nein, er war schon auf der 8ten Avenue abgebogen, wand sich durch die Menge der Leute, die auf der Straße herumstanden. Sonntagnachmittag. Grauer Tag. Seine Füße verloren den Asphalt, der Mund die Lippen... Es nieselte, aber er wußte nicht, ob grün oder rot, lachen oder... Da strandeten die aufgebauschten Wolken freigesetzter Phantasie an den Küsten blauschwarzer Dämmerung, an einem Meer blühender Palmen, als sich die Spitzen der Wolkenkratzer ein Stück nach unten bogen. Wolkenkratzer standen da und glotzten ihm mit leeren erstarrten Fensteraugen nach.

Auf der 45sten Straße, zwischen 8er und 9ter

Avenue, wartete ein schäbiges Hotelzimmer auf ihn, Zimmer Nummer 208. Morgen würde er mit dem Flug 814 vom JFK-Airport, Sitznummer 35-7, New York wieder verlassen. Vorgegebene Zahlen, mit denen er sich in einem riesigen Koordinatensystem zu halten versuchte. Im Hotel durchquerte er mit hastigen Schritten den Vorraum zum Fahrstuhl, warf einen kurzen Blick in das Fernsehzimmer mit dem grünen Teppichboden, von dem ihm giftgelbe Flecken ins Auge sprangen, wie versteinerte Überlegungen von der Spitze der Welt auf ein französisches Bett, jenseits der Grenzen schweißgebadeter Vorstellungen, und alle blökten sie: New York, New York – motzten, lästerten, johlten, kreischten, pfiffen bei jedem Atemzug. Die Tür zum Fahrstuhl öffnete sich, er sprang hinein, drückte den Knopf, der zu leuchten begann. Es ging hinauf, aber nur bis zum Second Floor.

Der Fahrstuhl hielt mit einem leichten Ruck, der durch seinen leeren Magen nach oben wanderte, bis er durch das Gehirn schlug und schließlich an der Schädeldecke gestoppt wurde. Die graue Tür des Fahrstuhls schob sich in die Wand und gab den Weg in den Flur frei. Schnell, nur ein paar Schritte, und er war an der Zimmertür, den Schlüssel in der Hand, hoffend, daß niemand sonst in dem Doppelzimmer sein würde, daß er allein sein konnte, um sich auf die durchhängende Matratze unter dem verschmierten Spiegel zu werfen.

Er lag auf dem Rücken, die Hände am Hinterkopf, das rechte Bein über das linke, richtete die abgenutzten Blicke nach innen. Die Erinnerungen führten in Maske und Kostüm einen Tanz ums Leben auf, rissen Possen zu dem stampfenden Herzschlag dieser Stadt. Und es flatterte sein Leben vorbei, spulte sich ab wie vor den Augen eines Sterbenden.

Hotelzimmerwände in vergilbtem Weiß, hartes Licht nackter Glühbirnen. In ihm ruhte das Schweigen, lächelte verloren. Was sollte er tun, in dieser letzten Nacht? – auf das Empire State Building gehen, mit der Subway nach Chinatown, Greenwich Village fahren?

Eine Putzfrau kam in das Zimmer, entschuldigte sich mit spanischem Akzent, begann das Zimmer auszufegen, machte das zweite Bett, links neben ihm vor dem undurchsichtigen Fenster, fand 10 Cent, hielt die Münze hoch und fragte Guido, ob das sein Geld sei. „Nein." - „Dann gehört es mir", meinte sie lachend, als sie kurz darauf wieder verschwand.

Fünf Uhr morgens. Wendeltreppen stießen kalte Stufen in die Luft. Die grünen Augen einer Katze glitten darüber hinweg. Das Chaos - innen - außen. Aber seine Schädeldecke lag wie Asphalt auf seinen Gedanken. Zwischen den gläsernen Betonzähnen stand der Traum im Regen und wartete, wartete immer noch... Worauf nur? Oben, unten, hinten, vorne - rechte Hand, linke Hand, Bauch und Rücken. Seine eigene Haut, aus der er nicht heraus kam. Es sei denn: Hände in den letzten Schrei verkrallt, Schrei, der aus dem Fenster springt, und Guido hinterher. Ist doch egal, dachte er, ob ich fliegen kann, ob ich leben kann, ob es möglich ist oder nicht. Es ist ganz gleich, ob ich mich verstecke, mich suche, mich finde, ein Spiel spiele oder ein Spielverderber bin, ob ich bin oder nicht bin, denke oder nicht... Und doch ist alles noch immer da, in diesem von unsichtbaren Händen durchmischten Dasein.

Die aufgestaute Aggressivität spuckte zerbissene Antworten an der gezackten Skyline vorbei und Guido machte sich einen Knoten in die Zunge und raste hinterher. Oder sollte er seinen Kopf in ein Buch stecken, es zuschlagen lassen, wie vom Wind die Türen? Und doch war es für ihn so, als wäre nie etwas gewesen. Die Kulisse wurde abgeräumt. Der allerletzte Blick, fragend zum Himmel, dann schloß er die Tür hinter sich. Zwei Buchseiten trafen sich in der Mitte des zugeschlagenen Buches und küßten sich im Dunkel. Was war es nun eigentlich? New York ohne Chicago, Mexiko mit Tristessa, El Paso, Skorpione und das Weiße in ihren Augen, leuchtend. New York - und er wieder allein. Tanzende Schatten über dampfenden Gullydeckeln. Manhattan und der unter den Füßen verlorene Boden. Red Lights. DON´T WALK! Die ausgestreckte Hand am gequirlten Klang der Gegenwart. Wo hatte er bloß seine Zigaretten? Immer wieder verlor sich sein Bewußtsein, das Bewußtsein sich selbst und ihn aus dem Blickfeld, bis am Ende das Gedächtnis in einem Schaukelstuhl Wollsocken strickte. Guido legte die kritischen Massen der Logik zusammen: Big Bang - ay, you know this is New York!

Er lag noch immer auf dem Rücken. Zwischen „nicht mehr", und „schon wieder." Hände am Hinterkopf. Das rechte Bein über dem linken, von Zeit zu Zeit auch umgekehrt. Aus dem Brei der Gefühle und Gedanken schnitt sich die Erinnerung kleine Stücke, passend für jede Schublade. Die Träume hatten sich davongemacht, und der matte Spiegel, rechts, zeigte nur noch die Leere im Getöse des Atems von New York City, links. Hinter seinen geschlossenen Augen sah er die Sterne an einem ausgebreiteten Himmel gelassen flackern, weit, weit, Sterne, hinter den zerstampften Schreien im Mondlicht Ertrunkener. Da brachen Lawinen verblühten Lichts hervor, grelle Lotusblätter aus verhängten Schatten... Doch die Erleuchtung gab es in dieser Nacht nur aus der Glühbirne. Hysterischer Aufschrei eines Saxophons. Luft geholt, den Atem geschöpft, noch einmal, und - vorbei.

Herbstblätter

Der Sommer war geflohen vor dem Gedröhn heulender Rasenmäher unter einem ergrauten Himmel. Guidos Hände waren leer und seine schweifenden Blicke begegneten ziellos der altbekannten Welt. Neue Welt, alte Welt. Die Müdigkeit klammerte sich an ihm fest. Ohne Zögern hatte er die letzte Möglichkeit vertan, einen amerikanischen Kaffee serviert zu bekommen. Der Steward war schreiend über den Gang des Flugzeuges gelaufen, irgendwo über dem südlichen Teil der Irischen See: „Last chance! Last chance!" Vorbei! Vakuum. Und irgend jemand hatte mit stumpfem Bleistift *Ende* darunter gekritzelt.

Die in schwarze Schleier gehüllte Treppe griff nach seinen Schritten. Von angeschmiegten Wänden bröckelte der Putz, lag wie angewehter Wüstensand auf den Stufen. Bilder drängten sich auf. Die Nacht in Midtown Manhattan. Flimmernde Bilder trieben unruhig umher, ergriffen ihn, nahmen ihn mit. Den Broadway hinauf bis zum Central Park und weiter. Jemand hockte gekrümmt in einem finsteren, windgeschützten Hauseingang und versuchte sich von Guido einen Dollar zu schnorren, für den Bus nach Harlem, wie er sagte. Guido gab ihm seine letzten zwei Quarter. Der andere machte ein Gesicht wie ein kleines Kind, dessen Eis in den Rinnstein gefallen war. Guido berührte seine Hand, als er ihm die glänzenden Münzen in die offene Hand legte: So long New York.

Und frierend saß Guido ein paar Tage später auf einer Bank am Maschsee in Hannover zwischen kahlen krüppeligen Bäumen. Hielt eine handvoll Worte an den Enden seiner Gedanken. Nein, er hielt sie nicht fest, die letzten Worte, ließ sie laufen, und sie liefen fort bis zur Lautlosigkeit. In entgegengesetzten Richtungen weiter. Als dick eingemummelte Kinder an der Hand ihrer Eltern zwischen seinem gesenkten Blick und der gewellten Oberfläche des Sees vorbeigingen, ihm die Asche seiner Zigarette auf die Hose fiel: Macht nichts, das paßte zum Grau... Er fühlte sich in den Matsch geworfen, nein, nicht einmal geworfen, eingetaucht, untergetaucht.

In seinem Kopf hielt er Farben gefangen. Sie blitzten und funkelten, als wären es Sonnenstrahlen, blankes Licht, vom Schein der Freiheit. Aber Isabelle hatte ihn gewarnt: „Zerbrich´ dir nicht den Kopf, verlier´ ihn nicht, ohne ihn ist das Spiel gelaufen für dich.‟

Im nahen Stadion spielten sie Fußball und johlende Schreie wehten herüber. Zerfetzte Herbstblätter verschluckte lautlos der See. Zwei angeleinte Hunde bellten sich wütend an. Dann gingen die Herrchen auf der Promenade in entgegengesetzten Richtungen weiter, ohne ein Wort gewechselt zu haben.

Ich bin wahrscheinlich auf dem Holzweg, dachte Guido, bin verloren auf meinen Umwegen gegangen, verlorengegangen, und im Fundbüro hat niemand nach mir gefragt. Der Verlust ist kaum aufgefallen... Klangfarben geben Geräuschvorstellungen. Leichte Schritte tanzen über dampfende Gullys, an einem rauschenden Abgrund entlang... rittlings hocken die Gedanken auf den Geistesblitzen. Es muß ja weitergehen, selbst auf dem Holzweg.

Doch immer wieder bremste Guido die Atmosphäre, stieß ihn vom Blitz herunter, und in dem herabgefallenen Dunkel überrollte ihn ein grollender Donner aus finsteren Überlegungen. Loch im Bauch und im Kopf nur aufgequollener Gehirnmatsch. Geladene Atmosphäre, da wo er noch immer suchte, suchte und nicht wußte wonach. Er hätte das Bewußtsein ergreifen sollen, wie den mit Erde verkrusteten Stein am Rand des Sees. Stein, den er ins Wasser warf, der versank, wie das Bewußtsein in den Dingen. Guido sank bis er wieder erwachte und sich auf einer roten Luftmatratze wiederfand, die auf dem schwarzen Meer des Unbewußten trieb, auf der er auf dem Rücken lag und weiße Wolken an einem strahlend blauen Himmel zählte.

Das Poltern der Müllmänner ließ ihn sehr früh aus tiefem Schlaf aufschrecken, ein paar Stufen seinem Bewußtsein entgegenkommen. Untergrundszenen aus der New Yorker U-Bahn und Freiheit so nah, daß er nicht mehr zurückwollte. Doch als es zu heiß wurde, tropfte sein Kopf wie flüssiges Wachs auf die Plattform. Aus Wachs, sein Kopf war aus Wachs! Ein Revolver blieb davon als Skelett zurück. Ob geschossen wurde, wußte

Guido nicht. Er rannte die Treppen hinauf, Manhatten darüber.

Die Liebe tänzelte mit einer lächerlich kitschigen Kette aus durchstochenen Herzen um den Hals wie ein Kannibale um ein loderndes Feuer, noch flimmernd im Morgengrauen. Doch die Faust auf dem Tisch wollte diesen Gefühlsbrei nicht mehr löffeln. Blutige Finger wischten der Zärtlichkeit einen beißenden Geschmack zwischen die Lippen. He du, es gibt kein zurück!

Guidos Kopf schmerzte, er fragte sich, ob die Welt total verrückt geworden war und ob er ins Irrenhaus fliehen mußte? Für Isabelle waren es nur Stachelbeeren, für ihn aber wurden es Beeren aus Stacheln, als er schweigend in seiner Ecke sitzen blieb, das Lachen sich auflöste in einer hohlen Geste und die Ideen als Billardkugeln verkleidet zu ihm kamen, die Gesichtszüge entgleisten, unter Zugzwang gerieten. Dort eine zugeschlagene Tür in brüllender Nacht, mit einem überreifen Mond, der wie ein angefaulter Apfel vom Baum fiel, als Guido sich sagen mußte: Ich kenne niemanden, der mich kennt. Ich bin ein spitzer Schrei - noch klingt er wie ein gewöhnliches Lachen - im schwarzen Samt des Schweigens versteckt. Und da sitze ich, sehe die Zeit verrinnen, als wären die Zeiger der Uhr das Messer in einem Mixer.

Springender Punkt. Doppelpunkt. Isabelle und Guido. Explosionen. Scharfe Splitter irrender Sinne drohten der Vernunft, schlugen ein, in sprachlos gewordene Gefühle. Sein Selbstbewußtsein schwebte im Vakuum. Noch zögerte es, glaubte wählen zu können, zwischen Traum und Wirklichkeit. Erst Tage später fand es zurück: Alles halb so schlimm, es ging ja weiter, Isabelle wußte auch nicht, was sie wollte.

Drei Schritte neben dem Fragensteller, Fallensteller in schneeüberschütteten Wäldern. Argumenten, für und wider, das Fell abziehen. Vorstellungen aufspüren, die nur in seinem Kopf existierten, Vorstellungen, denen er nicht entkommen konnte. Kopf, der seine Gedanken verloren hatte wie die Bäume ihre Blätter, Gedanken, die die Worte verloren... Und sonst? Nichts, außer vielleicht: Planeten im Kaugummiautomaten.

In den Händen den Holzstiel einer roten Harke. Die Hände in braunen Lederhandschuhen und die schwarze Mütze über die weißen, kurzgeschnittenen Haare gezogen, tief in die Stirn. Den gebeugten Körper schlotternd in einen halblangen Mantel gehüllt. Unter kahlgewehten Pappeln im Vorgarten eines roten Backsteinhauses sammelte der alte Mann die bunten Blätter auf, stampfte sie in einen hellblauen Plastikeimer. Der alte Mann, der sich sonst um nichts mehr zu kümmern schien.

Guido sehnte sich nach den Küssen des Horizonts, dem Treiben der Menschenmenge auf

den Straßen, Lebensadern hinauf zu den Wolken-
burgen. Aber er hing wieder im Netz der Alltäglichkeit und die dicke schwarze Spinne der
Gewohnheit hatte seinen Mut gelähmt. Er trat seinem Schatten auf die Füße – der bewegte sich
nicht mehr.

Ab und zu blitzten verstreute Lichter ihr Leben
in die Nacht. Guidos Finger rochen nach gepellten
Apfelsinen. Die Lichter waren neben die Straße
gepudert. Der rote Zeiger des Tachos kletterte
langsam über die 120 km/h. Und die Welt
zwischen seinen Gehirnwindungen berührte das
Universum weich mit den Lippen: Gute Nacht Kuß.

Guido fühlte sich wie jemand, der seit über hundert Jahren nicht geschlafen hatte und plötzlich
aufwachte.

Dann aber war er wieder ein Läufer, diesmal in
Flensburg, als er aus dem Schlafsack kroch, zum
Fenster ging, auf die Straße blickte und sich selbst
sah, mit der gelben Tasche über der linken Schul-
ter. Ein Läufer, der mit großen Schritten der auf-
gehenden Sonne entgegenhechtete, ohne daß die
Uhren Zeit gehabt hätten, auch nur mit dem
Sekundenzeiger zu zucken.

Wo war er geblieben, nachdem er einer auf dem
Geflüster des Windes schwebenden Möwe hinterher fuhr, nicht lange an einer Ausfahrt der A7
stand, über den blassen Dunst der schon fast versoffenen Gehirnmasse davon? Wo war er wirklich?
An der Skyline der Träume schon längst vorbei.

In Göttingen, in einem chinesischen Restaurant mit italienischem Namen, in dem ein blonder Japaner bediente, erzählte Isabelle Guido: „Weißt du, ich kann nicht mehr mit dir zusammen sein."

Ein Kind lief zwischen den Tischen herum, erzählte vom Zirkus - ein Clown war auf die Nase gefallen und hatte empört geschrien: „Wer war das?"

Später träumte er von Isabelles Spiegelbild, das er umarmte, als sie hinter ihm stand und ihr Lachen an die Leere verschenkte. Da zerbrach der Spiegel und er bekam die Teile nicht mehr zusammen. - Wer war das?

Traum einer schwammig dumpfen Nacht: Durch die Nase drang der abgestandene Geruch muffig dunkler Kellergewölbe, ganz tief unten. Immer neue Räume. Tiefer, da unten. Keller unter Keller. Eine klebrige Masse aus feuchtem Staub schlang sich, wie langgestreckte Finger aus Wurzeln um seine nackten Füße. Er war vollkommen nackt, suchte mit durchs Dunkel greifenden Händen nach einer Tür, konnte sich aber nicht bewegen. Der Schlamm stieg höher und höher, kletterte an seinen Beinen hinauf, war schon über die Knie hinweg. Irgendwo da oben mußte es regnen, dachte er, er suchte, suchte weiter. Dünne Lichtpunkte, Funken, schlierten über pures Schwarz hinweg. Das Kinn wurde ihm fest auf den Brustkorb gedrückt. Da erblickte er schemenhaft ein Gesicht, eigentlich nur Augen, dünn schimmernd wie aus Zellophan. Zwei grelle Lichtkegel durchbrachen die Iris und mit einem Ruck zerriß die Silhouette. Kopflose Gedanken irrten zischend ins Grenzenlose, verloren ihre Struktur, lösten sich auf.

Verbissener Überlebenskampf optimistischer Ideen beim Schachmatt durch die eigenen Gefühle. Guido hing seinen Gedanken nach, und einer dieser Gedanken erhängte sich sogar. Der konnte es nicht mehr ertragen. Dafür konnte Guido jedoch keine Verantwortung übernehmen. Ein Gedanke, für den sich die Apokalypse im Gewicht eines Stecknadelkopfes offenbarte. Zu sich selbst sagte Guido ganz leise: ich spiele Russisch-Roulette mit einer Automatik...

Er lebte wie einer, der sich die eingebrockte Suppe mit der Gabel auslöffeln mußte. War noch immer Mister N. - N. wie Nichts. Saß in fremden Zimmern, bei künstlichem Licht. Am Tage trieb er sich in den warmen Buchläden der Fußgängerzone herum. Draußen war es schon zu kalt, um verträumte Ideen von einem freien Leben zu haben. Und immer wieder faselte er von der Freiheit, den Abenteuern und wußte doch nicht, ob diese Freiheit, dieses Abenteuer zu ihm passen würde. Es wäre ihm leichtgefallen das Leben zu leben, wenn er herausgefunden hätte was er wollte, aber er wußte immer nur was er nicht wollte. Dabei war es verdammt einfach in dem mit Fernwärme geheizten Zimmer Geschichten fallender Sterne, dort irgendwo am Rand der Straße, zu erträumen...

Straße an der er morgen, so etwas wäre immer erst morgen, stehen würde, um ein Universum der Phantasie zu durchstreifen, bis er schließlich die legendäre Insel an den Gestaden der Sonnenstrahlen finden würde... Insel auf der er sich selbst leben konnte, das was aus ihm herauswollte... Insel auf der er ganz allein sein würde?

Kalter Kaffee und Blähungen leerer Versprechungen. Konnte er akzeptieren, daß das Leben so war, daß nur abgezählte Schritte auf festgelegten Bahnen möglich waren? Konnte Guido hinnehmen, daß er den Horizont nie erreichen würde, so weit und schnell er auch laufen würde? - Er mußte lernen sich damit abzufinden, so wie es war, ohne es noch ändern zu wollen - das wäre ein endgültiges Ende, sein Tod...

Wütend fauchte er sich an: Wring´ dir bloß dein selbstmitleidiges Gejammer aus dem Kopf, wie das Dreckwasser aus dem alten Scheuertuch unter der Spüle, schlüpf´ durch die Hintertür determinierter Erfahrungen, hinter denen du dich verkrochen hast, denn alles läßt sich begründen, dafür und dagegen.

Vielleicht machte er sich auch nur lächerlich, wenn er es tatsächlich noch ernst meinte, es ernst nahm, dieses Leben! Aber er war nicht der Prinz, der eine Prinzessin mit seinen Küssen wecken wollte, der die Wahrheit suchte, sie verlangte, um jeden Preis.

„Es wird sich verlaufen", sagte Isabelle beruhigend, als sie ein Aquarellbild malte und sich

Guidos Blicke erwartungsvoll an ihren Mund hefteten, „verlaufen wird es sich und alles wird gut sein." - Verlaufen, dachte Guido, sich verlaufen, wie Hänsel und Gretel im finsteren Wald, jedes Märchen hat ein gutes Ende, aber wer glaubt noch an solche Märchen? Und da erschien seine Angst vor der Selbstverständlichkeit, mit der alles geschah. Selbstverständliches Geschehen in dem er eingeschlossen war ohne daß er etwas daran ändern konnte, ohne daß er mehr sein konnte als ein stiller Beobachter, an den Rand seiner Wirklichkeit gedrängt, als er nicht mehr wußte, ob er die Türen vor sich öffnete, oder hinter sich schloß, nicht mehr wußte, ob er kam oder schon gegangen war. „Und", fuhr Isabelle gelassen fort, „da wo du bist, ist kein Platz mehr für mich."

Seitdem der Mann vom Mond Fensterputzer in New York geworden war und der Blues aus Chicago in den Regentropfen einer alten Jacke funkelte, verpennte Guido die Tage im Flur zur Kneipe zwischen verchromten Flipperbeinen. Vier Uhr morgens, als alle Geister schon selig in ihren Verließen und Müllschluckern, Briefkästen und Papierkörben usw. schlummerten, und es für ihn aus diesem Labyrinth keinen Ausgang gab, weil er nicht einmal wußte, ob es je einen Eingang gegeben hatte. Aber, war es so wichtig, daß es weitergehen würde, sein Leben und diese Geschichte? Es ging vorbei und kam zurück, es ging und ging, immer weiter, und durch und durch in einem wirbelnden Durcheinander.

Isabelle hatte ihn noch einmal gefragt: „Was willst du mir eigentlich erzählen?" Eine Antwort kam, als sie ihn schon nicht mehr hörte: „und und und und und und so weiter und weiter und bis bis und noch hinter und viel weiter und vor und danach auf Gedankenstrichen Gedachtes und Denken und eine letzte Träumerei mittendrin und daneben und gelebtes Leben und zurück vielleicht aber und und und so weiter..." Guido hoffte, von der Wortlawine verschüttet, daß der Kaffee nicht schneller verdampfen würde, als er ihn kochen konnte.

Das Bewußtsein taumelte, ganz benommen von der Sinnlosigkeit des leeren Raumes jenseits der Gedanken. Das leuchtende Rot einer Ampel flakkerte im Nebel auf. Er war wieder einen Schritt zu weit gegangen, stürzte über die gezackten Zinnen der großen Wolke, auf der er es sich gemütlich machen wollte, stürzte in die Tiefe, die in ihm gähnte, und beim Anblick der kahlen Bäume fiel diese Angst ihn an: Ich mache mir etwas vor, wenn Ich glaube, daß ich eine Wahl habe, trotz aller Widersprüche behaupte, daß ich aus mir machen kann was ich will, um dann der zu sein, den ich darstelle... Und wie kann ich dann noch etwas versprechen, nicht nur bis zum nächsten Tag, nein, über Jahre hinweg?
Und jede Antwort, die er sich geben konnte, war nur Theorie, ein Kartenhaus, das bei der ersten unbedachten Bewegung in sich zusammenfiel.

Mit schwarz umrandeten Augen und übermü-
deten Blicken standen Namenlose in entleerten
Nächten, sprachen über Kontraste, als sie aus der
Distanz die Apokalypse verfolgten. Sei Vernünftig,
hieß es nur. Also genauso verrückt zu werden wie
der Rest der Welt?

Sie sammelten sich um den Billardtisch und der
vergilbte Filz erinnerte manche an eine vertrocknete Wiese, auf der sie ein Schäfer weiden sollte.
Sie standen nur herum, bis ein Morgen gebückt
über das stumpfe Parkett hereinrollte und sie sich
verkrochen. Aber wartet nur, morgen stehen sie
wieder genauso da.

Eis

Blicke treiben wie Treibeis
im Rauch der Kneipe

weichen sich aus
blanke Eiszapfen

und ein Eisberg
der so gern die Karibik gesehen hätte

noch klammert er sich an
letzte Augenblicke, Worte - „Vorbei?"

ihr unterkühltes „Ja -
ich brauche das Gefühl der Freiheit."

Guido konnte es nicht glauben. Er hatte noch die Hoffnung, daß alles irgendwie gut werden würde, noch sah er den Palast mit den goldenen Türgriffen, ein knisterndes und knackendes Feuer im Kamin, dort, in unberührter Schönheit erster Schneeflocken. Hoffnung, und selbst wenn es nur ein kleines Lachen wäre, eine windschiefe Hütte in der sie sich zusammenkauern würden. Eine Zukunft mit ihr. Da gab er sich einen merkwürdigen Rat, um den Winter zu überleben: Schüttel nicht den Kopf, wenn die Eisblumen darin blühen.

Guido wollte ein Annonce aufgeben: „Tausche Körperlichkeit gegen alte Mütze. Fenster und Türen der Altstadt bleiben vernagelt, ist deswegen niemand draußen? Doch keine Angst, alles ist immer nur Gefühl gewesen, unantastbar, unfaßbar. In einer hohlen Hand verkriecht sich die Sommersonne, aber jemand muß weiter, die Brücken aus geronnenem Mondlicht überqueren."

Beim Göttinger Tageblatt aber wurde die Annonce von der Frau am Computer so verändert, daß es zum Schluß, nach einem Hin- und Hergefrage, dem sich Guido nur ungern unterwarf, hieß: „Junger Mann sucht Arbeiten aller Art."

Er erinnerte sich mit beängstigender Klarheit an sein gestörtes Verhältnis zu seinem Mathelehrer, an die Zeit, in der die große Tafel nur ein schwarzes Loch für ihn war. Er sprach mit einer Inkarnation seines Mathelehrers in der Person eines dicken Beamten auf dem Arbeitsamt. Das Ergebnis war der erkenntnistheorethische Vorgang eines

Luftballons mit Blähungen - „Zeigen Sie mehr Initiative!"

Nacht, immer nur Nacht. Gekürzte Tage, die unbemerkt an ihm vorbeischlichen. Er wollte sich verkriechen: Soll sein, was will, solange es mich nicht berührt... Hülle mich in den Mantel der Nacht, verstecke mich vor greisenhaft urtümlichen Gefühlen. Der Herbst ist viel zu kalt. Uralte Gefühle, Angst vor dem Selbst? Wer spricht darüber? Niemand, deswegen. Doch ich kann mir Sorgloses denken, kann mir die weit entfernte Zukunft ausmalen, in der die Lichtjahre zu Zentimetern schrumpfen. Ich kann auch von versandeter Vergangenheit schwärmen, von Pyramiden, in denen sich selbst das Denken versteinert. Aber ich täusche mich. Will mir entkommen, dem einzwängenden Jetzt. Flüchte vor der Wirklichkeit, die ich kaum noch für möglich halte. Vakuum, und alles scheint seinen gewohnten Gang zu gehen. Etwas ändern? Nein, nicht ändern, nur wieder diese Angst, grundlose Angst. Angst, in die ich falle. Nichts kommt, kein Boden, kein Grund. Deswegen ist sie so erschreckend: Sie zeigt sich nicht, die Angst, wenn ich sie berühren will, sie zähmen will, sie läßt nicht mit sich reden. So als wäre sie gar nicht da, als wäre nichts da. Überall. Der Sturz. Nichts in den geballten Händen. In die Luft gegriffen. Fallen. Angst vor dem Aufprall. Aufprall der nicht kommt. Wenn Sekunden wie Schnecken durchs Bewußtsein kriechen und ganz plötzlich Monate vorbei sind. Der Körper von allem gelöst, in sich gekrampft. Sich verlierendes Bewußtsein, in eine Leere sinkend, in der nichts mehr ist - die nichts ist. Guido riß erschreckt die Augen auf, fand sich auf dem Rücken liegend, den Himmel bestaunend, aus dem er gestürzt war. Nacht, Nächte. Er träumte. Alles oder Nichts. Und, als der Wind die bunten Blätter von den Bäumen gerissen hatte, galoppierten schwere Wolken weiter über den blauen Ozean seines Himmels.

Schon fast darin ertrunken, versuchte Guido früh morgens, zwanzig vor vier, mit einer Vollmilchschokolade und einem Tortenstück, in dem Mandarinen klebten wie Sterne in der Nacht, die »Brüder Karamasoff« zu lesen. Die vom Badewasser aufgelösten Zigaretten im Aschenbecher neben ihm rochen wie die echte Frische. Das Lesezeichen vom letzten Jahr ließ er zwischen den Seiten 461/462... Dabei fiel ihm ein, daß der Anfang für das Leben sein mußte, wie es ihm im Kopf herumschwirrte: Früh morgens kleben die Sterne wie Mandarinen in der Nacht...
Leben, wollte er es noch? Erstarren, wie ein Kind, das vor Schreck die Augen schließt und glaubt, nicht gesehen zu werden von dem, was es selbst nicht sieht.

Der Briefträger war ein alter Mann. Er hatte nicht schwer zu tragen an ihren Briefen. Vergangene Tage lagen wie abgebrannte Streichhölzer herum. Guido hatte einen bitteren Nachgeschmack auf seinen spröden Lippen, sah wie durch ein umgedrehtes Fernglas in eine andere Welt. Tage ohne Namen. Tage in New York, Washington, New Orleans, Tampico, El Paso... Tage ohne Wochen. Jetzt waren sie wieder da, die Stunden, Minuten, die er zählte, bis er Isabelle wiedersehen würde. Und Schritte, die er wie im Schlaf ging, über die gründlich gefegten Bürgersteige hinweg, zwischen rechtwinklig abgezäunten Vorgärten hindurch, hier ein Jägerzaun, da eine akkurat getrimmte Hecke und wie Dominosteine aufgereihte Häuser, zwischen denen es freitags nach Fisch roch.

Wirre Vorstellungen: Ich bringe meine Erinnerungen in ein Präparationsatelier. Sie bekommen polierte Glasaugen, glänzende Knopfaugen werden ihnen in die Augenhöhlen genäht. Und der hohle Kopf und leere Bauch werden mit duftenden Sägespänen vollgestopft. Das Resultat bin ich, meine Vorstellung von mir. Pompöse Orgelmusik quillt aus einem Kofferradio auf dem Berberteppich, und taktlos tropft ein Heizkörper mit stählernen Rippen. Das Telefon vor mir. Ich greife zum Hörer - jetzt könnte ich, 22:30 Uhr, noch beim Fundbüro anrufen, verlorene Gedanken in den engen Schubladen wecken, oder doch besser den Sender wechseln, um das graue Regenherz des Blues schlagen zu lassen, dumpf und müde.

Sein Versuch, aus allem etwas zu machen: Einen Kugelschreiber legte er wie eine brennende Zigarette im Aschenbecher ab. Blauer Tintenrauch wehte um seine Nase. Der Versuch mehr daraus zu machen als es war: Isabelles Lachen, das den vergangenen Sommer zurück zaubern konnte.

Was sind Stunden, die nie eine Uhr gefunden haben, eine Uhr, die ihnen gezeigt hätte, worum es sich dreht?

Guido schrieb Isabelle einen Brief aus Kassel: „Im Gästezimmer steht überraschend unsere Liebe vor mir, wie ein kleines Kind, mit großen glänzenden Augen. Die gefleckten Wände des Badezimmers sind mit surrealistischen Bildern tapeziert. Kalenderblätter, abgerissene Monate. »Das Paar« von Picasso wird von verzweigten Efeufingern umrahmt, die sich aus dem Blumentopf strecken - als könnten sie etwas halten. Jetzt läßt sie die kleinen Fäuste in den Hosentaschen verschwinden und blickt trotzig zu Boden - unsere Liebe."

Ganz einfach, sagte er zu sich, ich werde noch tausend Jahre warten, bis ich mir meine Naivität rechtfertigen werde durch ein obligatorisches Vernünftigsein, werde warten bis ich zugebe, daß es so sein muß, wie es ist, nur weil es immer so war. Ich werde warten, selbst, wenn ich Bauchschmerzen bekomme von der Schokolade, die ich dem Weihnachtsmann klauen muß, der mich schon seit Jahren vergißt, der gute alte Mann in Purpur, mit dem langen weißen Bart.

Er schrie nicht, brachte keinen Laut hervor, nur sein kurzer Atem zerteilte eine noch in sich ruhende Erstarrung, die er mit sich und ungelebtem Leben zu füllen versuchte. Das Herz schlug hinkend und monoton den Takt. Ja, er war allein. Ihr Name kroch nicht mehr über seine Lippen. Er schrie nicht, rief nicht um Hilfe. Kein Weg führte mehr fort. Kein Wort, solange sein Gesicht eine Mauer war.

Es hätte an einem kühlen Novembermorgen in Paris geschehen können. Rue Cuvier. Nach einer Nacht im Wagen zog er seine Schuhe an, suchte nach dem Feuerzeug zwischen Kupplung und Bremse. Tür auf - ah Paris! Jacke zu und schnell ein paar Schritte zum nächsten Café, um wieder warm zu werden. Müde lehnte er sich auf dem harten Stuhl zurück. Schwere Zweifel lagen wie schroffe Gebirgsketten im diesigen Sonnenlicht verfolgter Hoffnungen. Der Pulsschlag der Stadt ließ Grüppchen bunter Gestalten vor der großen Fensterscheibe vorbeiströmen. Der letzte Schluck Café au lait war schon kalt geworden. Er legte ein paar Francs auf die Untertasse und ging zurück durch das Gewirr der alten Straßen, dann war er wieder verschwunden.

Guido öffnete die Türen des Adventskalenders - alle, obwohl erst der 5. Dezember war: Ein halber Mond mit rauchender Pfeife im Lachen, über den gefächerten Armen einer Muschel. Tür 9: ein afrikanischer Elefant, schöne große Ohren, über Tür 7: ein Schmetterling... Ente, Glocken, Haus, unter einem Fisch mit Luftblase, Brezel, Ball, und die Grübchen der grinsenden Sonne. Alles in Schokolade, diese Welt im Nettogewicht zu 75 Gramm.

Irrwege

Abschied von der grünen Parkbank im Regen. Abschied. Ein Glitzern und Funkeln der Tropfen. Abschied. Nachts, allein auf dem Spielplatz. Der Rauch meiner selbstgedrehten Zigarette kriecht hinauf, verfliegt, da oben, dachte er, da oben, wo die Sternbilder zerplatzen, gelbe Zwerge und rote Riesen, und ich fahre nur nach Paris. Paris, ich werde überrascht sein, mich auf deinen Straßen wiederzufinden... Alleingelassene Gefühle im Spiegel ihrer Augen. Auf glänzendem Asphalt verstreute Lichtinseln, Inseln im Meer der Nacht. Kurzsichtige Realität, die ich mit mir selbst verwechselt habe. Wer weiß schon, wieviel Luftschlösser auf ihrer verlorenen Wimper und einem Geistesblitz - Licht - in den 7. Himmel blühender Phantasie gewachsen sind. Vor gefletschten Zähnen, die die zerkaute Freiheit ausspucken. Alleingelassene Gefühle im Spiegel ihrer Augen. Doch hier: Füße, Hände, Mund, sich an Knochen klammernd, die Gehirnschüssel... Nervenentladungen, angepaßte Raster, durch die die Welt gepreßt wird, zerlegt bis in letzte Kleinigkeiten, bis nichts mehr davon übrig geblieben ist. Guido nahm Abschied. Abschied von der grünen Parkbank im Regen auf dem Spielplatz an der Ecke. Hier bogen sich seine Erinnerungen, streckten sich lang. Er nahm Abschied von der Zeit, Zeit mit ihr, und redete Unsinn: Wer weiß schon, warum abgekaute Fingernägel zu einem neuen Horizont vor der gewölbten Netzhaut verschmelzen? Wer weiß... Doch die Widersprüche überführten ihn nicht, schlossen ihn nicht aus. Warum mit aller Mühe nach Erklärungen für seine Verwirrung suchen? Er glaubte sich selbst nicht mehr, nichts, glaubte nicht, daß es diesen Gott aus der Kiste gab, den Fingerzeig aus dem Jenseits, dahinter, eine letzte Erklärung, oder etwas ähnliches. Er hätte ihn gut gebrauchen können, aber wie lange sollte er darauf warten? Aber er mußte sich ja auch nicht gleich den Mund verbrennen, um zu bemerken, daß der Tee zu heiß war. Außerdem war die Zeit, ernsthaft die Frage nach einer sinngebenden, höheren Instanz zu stellen, längst vorbei. Dachte weiter: Trage meine Schuhe spazieren, ich trage sie nach Paris. Und wenn sich das Verrückte vorbeischleicht, es nach verbrannter Liebe riecht, poliere ich mir die gelb gewordenen Zähne, damit das Lachen wieder leuchten kann.

Guido stellte sich einen Punkt vor, der sich zu einer Linie dehnte wie ein langgezogener Kaugummi. Ein Punkt, so ein Fleck ohne Fläche, der sich im Laufe der Zeit zu einem Strich streckte. „Der Punkt hat keine Teile und ist selbst nur ein Teil." Eine sehr gewagte Behauptung, deren Aussage so nicht haltbar war. Das Parkett der Philosophie ist ein glattes und er sollte sich besser hüten, vor solchen simplen, dazu nicht einmal folgerichtigen Analogien.

Man würde da sein, am Ende, und glauben können, nichts sei geschehen, und selbst, wenn man nicht wirklich gelebt hätte, würde es vorbei sein. Wo und wann aber lebte er wirklich sich selbst? - fragte er noch immer. Es würde nur ein Augenblick gewesen sein, der wie ein Glühwürmchen durch Zeitloses schwirrte, ein aufgeblähter Moment, der sich in die Länge zog, eine Lebenslinie hinterließ. Was aber konnte er vom Zeitlosen wissen? Alles ist mit Zeit, in der Zeit, und er wußte nicht, wo Anfang und Ende waren, wenn er einmal nicht nur an sich dachte... Augenblick nur, als wäre nichts gewesen, als wäre es nichts gewesen. Kam er denn nie einen Schritt aus sich heraus? Und wohin... Der glühende Stummel seiner Zigarette, schnipp, nur schnipp, ganz selbstverständlich, flog Funken sprühend in einem hohen Bogen durch den Regen in das aufgerissenen Maul des schnaubenden Gullys.

Auf dem Spielplatz stand unter einem kahlen Baum der verrostete Fliegenpilz, ein Klettergerüst zum Unterstellen. Vielleicht hatte Guido nur vergessen, Isabelle zu sagen, daß das Verrückte seinen Weg jetzt auch mit verschlossenen Augen finden würde, daß es nichts Ungewöhnliches mehr geben konnte, in dieser Gewohnheit, die ihn mehr und mehr einklemmte.

Umarmungen des Windes, zwischen Erwachen und Einschlafen, Aufwachen und wieder Einschlafen. Illusion, in der er sich gefangenhielt, Hoffnung, auf deren Erfüllung er doch noch wartete. Eine Idee, mehr nicht. Nur eine Idee vom Leben, nicht einmal das richtige Leben, die ihn gefangenhielt, blendete und verwirrte wie ein Stück Wirklichkeit, das er tatsächlich einmal erlebt zu haben glaubte, ohne Rückhalt, ohne Überlegung. Später das Leben, wieder nur so als ob. Verschluckte Windbeutel und die Angst im Nacken, erschreckende Angst bei der sich aufdrängenden Vorstellung, er wäre in einem langweiligen Film, und dieser Film wäre sein Leben. Er versuchte zu entkommen, die Wirklichkeit zu leben, sie zu fangen, aber er blieb ein Suchender, für den es nichts zu tun gab, nur Haut, aus der er nicht heraus konnte. Körper, sich selbst nicht mehr bewußt. Fingernägel, die ihm abbrachen, als er versuchte, Spuren zu hinterlassen, ein Lebenszeichen in Stein zu kratzen. Niemand konnte aus seiner eigenen Haut, aber er wagte ein Fragezeichen dahinter zu setzen.

In einer dicken Nebelsuppe schwammen bunte Autos nach Paris. Ein neues Jahr begann. Für Guido begann es in Paris. Paris im Regen. Paris war durchgeweicht von oben bis unten. Aber dieses New York ging ihm nicht aus dem Kopf, Kopf, den er verloren hatte. Eine Schachfigur die ihn an seinen letzten Blick auf die 7te Avenue erinnerte - matt durch Turm und Dame. Glasaugenfenster in Betongesichtern, vielleicht sogar Menschen dahinter, die zu überleben verstanden. Aber niemand ließ sich blicken in seiner Erinnerung, obwohl die Straßenschlucht dröhnend pulsierte von gehetzter Existenz.

Es war nicht leicht einen einzigen Gedanken an der Leine des Bewußtseins durch die Unwetter zwischen Sein und Schein zu führen. Auf der Spitze des Empire State Buildings hockten gelassen einsame Nächte, zusammengedrängt wie die Geier, auf einem kahlen Ast, als hätten sie nur auf ihn gewartet. Aber Guido wollte es nicht mehr entdecken, würde das Hotelzimmer nicht mehr verlassen, am nächsten Morgen schnell zum Flughafen hetzen... Seine letzten Stunden in New York nicht mehr nutzen. Von vergossenen Tränen würde niemand sprechen. Da konnte er nicht unterscheiden, zwischen dem, was er sich erträumt hatte, und dem, was wirklich war, zwischen dem, der er gerne gewesen wäre, und dem, der er war. Auf dem Broadway, zwischen blinkenden und blitzenden Sternen einer Erinnerung versteinert, erstarrt wie eingefroren. Dem Traum von einer überzeugenden Wirklichkeit schenkte er verloren ein Lachen. Gesplittertes Licht. Und Guido hielt die Leine gut fest, hörte nicht auf den Zwist der inneren Stimmen, mißtraute dem Versprechen. Ein Gedanke nur: War dieser Ernst an allem nicht nur ein schlechter Witz?

Paris im Regen. Regentropfen trommelten wild auf das Wagendach. Schatten huschten aus den schimmeligen Nischen dieser Stadt. Das Trommeln auf dem Blech zerlief zu einem dünnen Gesäusel. Vorstellungen mit verlorenen Konturen. Stichwörter wie Käse, roter Landwein, Baguette oder sogar Voltaire, Heine, Rimbaud verbreiteten einen Hauch eigenen Lebens. Guido, kopflos, bei dem Versuch, sich dem Geheimnis seiner femme fatal zu nähern. Flüstern nur, das in eine kreischende Stille ebbte. Er fand es langweilig, über das Leben zu reden, wie langweilig erst, es leben zu müssen.

Zerbissene Lippen sandten noch schnell einen Gruß an die weggewischten Schönheiten. Paris ja, Paris war rundherum. Aber ihm ging dieses New York nicht aus dem Kopf, dem vom Rumpf getrennten Kopf. Kopf ohne Herz, handlungsunfähig über gewienerte Stufen in den Keller polternd, oder auf der Rolltreppe im Centre Pompidou einem romantisch verklärten Sonnenuntergang entgegenschwebend. Die Fühler der verlorenen Vorstellungen tasteten scheu durch die Gassen, klebten vielleicht noch an dem Bild vom letzten Abend, als Guido vor Sacre Cœur auf den großen Sylvesterknall wartete. Ein Knall, der nicht kam. Sylvester in Paris, ganz unspektakulär, als Guido den Stufen hinter der Kirche in die Nacht folgte, auf einen Berber traf, mit ihm seinen Sekt trank... Berber? Ein Algerier, mit dem er keine gemeinsame Sprache fand. Mit einer lockeren Handbewegung schüttete der den ersten Schluck auf den Asphalt und leerte die Flasche Sekt fast in einem Zug. Guido hatte sich noch nie viel aus Sekt gemacht, und als die glühenden Augen des Berbers ihn zornig durchbohrten, floh Guido wieder zu der Menge, die sich oben versammelt hatte. Eine durchsichtige Existenz verharrte in Distanz, verlor Gedanken beim Denken, fand keinen Halt. Schon hatte der Wind die rosaroten Schleier seiner Vorstellungen zerrissen, und übriggeblieben waren für Guido nur allgemeine Endgültigkeiten, die sich in ein letztes Vergessen erstreckten. Ein letzter Gedanke flog wie ein Bumerang, der sein Ziel verfehlt hatte, durch gehetzte, engbegrenzte Zeit. Filterlose

Zigaretten, Geschmacksrichtung: getrocknete Algen. Pariser Straßenverkehr, der chaotisch in alle Richtungen gleichzeitig über die Kreuzungen brummte. Das alles gab einer handvoll Stunden ihr eigentümliches Aussehen. Dazu kam noch eine Suppentasse in blaugelbem Blumenmuster mit Milchkaffee randvoll gefüllt auf einem schmalen Bistrotisch...

Versunken in elf Worten von Robert Desnos

zuerst waren es nur die zappeligen Blätter
eines buckligen Baumes
die dem Frühling am Bahnhof
Lebewohl winkten, denn
schon bevor es beginnen würde
war es beschlossene Sache...
was?
eine Frage der Zeit
und, weitergehen würde es,
ohne daß die verlockende Zukunft, in der
überfüllten Badewanne, zwischen den
zerklüfteten Wolkenbergen hinter den
Horizonten, ihre Unschuld verloren hätte

Eine Meute wilder Vorstellungen verdrückte sich ins Ungewisse. Das Bewußtsein berauschte sich an einem zufälligen Selbst. Gedanken versuchten, Mauern zu bauen, fundamentale Gebäude zu errichten, etwas Festes zu greifen. Aber sogar ihr notdürftiges Zelt fiel in sich zusammen, wehte davon. Gedanken zerfielen in alle Einzelteile, wurden von anderen Möglichkeiten zerstäubt. Sein bewußtloses Grübeln blieb übrig: Einfaches war nicht einfach zu erkennen und Guido wußte nur, daß er nicht wußte, wer er war, obwohl er sich an einen erinnern konnte, der er selbst gewesen sein mußte. Seine Träume im Regen, Träume, die nach Freiheit suchten, die auf ein Entkommen hofften. Verbrauchte Träume. Wolkenbrüche nach allem. Stumme Gedankenfetzen auf dem stillen Ozean des Gefühls. Gedachtes und Weiterdenkendes, zerzaust in den Unwettern der Wahrnehmung. Aber, wer er ist, hätte sein sollen, das wußte er noch immer nicht.

Taumelndes Bewußtsein, rückwärts vom Rand der Ebene fallend, einem Kreis, in dessen Mittelpunkt sich seine leeren Blicke überschnitten. Bewußtsein durch Bodenloses krachend. Und er wollte Schluß damit machen, sich keine Sorgen mehr machen, nicht mehr denken. Sicher würde er irgendwann eine verstaubte Truhe, gefüllt mit alten Träumen, finden, die er wieder zum Leben erwecken könnte, wieder und wieder die Wiederholungen umkreisend. Aber die Zeit, nein, die wird nicht zurückkommen. Wieder und wieder wiederholte Worte. Stimme, die auf der Sprachlosigkeit eintrocknen würde. Ungebrochene Gleichgültigkeit, die sich zur Einsamkeit erhob, die er anbetete wie die luftigste Freiheit. Und wer sollte sich darüber noch wundern?

Als würde er fliegen: Seine Schritte über dem Pariser Pflaster, zwischen gebückten Gestalten, Silhouetten, aus dem Schwarz der Nacht geschnitten, hindurch, auf der Suche nach einer neuen Sonne, Sonne die sich nicht blicken ließ. Guido fand keinen Mittelpunkt, lief durch den Regen und vorbei an den Blechkarossen mit ihren Neonlichtkratzern. Es gab nichts zu erreichen, und Nichts war überall. Die Freiheitsstatue mit verstauchten Flügeln und abgesägtem Strahlenkranz, in New York und Paris. Unvollendete Gegenwart, und gleich danach: Vergangenheit, nicht mehr zu ändern. Zeitablauf ringsum. Durch eingetrocknetes Gelb streckten sich, schwarz und runzlig, Wurzeln wie ein Netz. Dazwischen der Wind, Fahrtwind, der das Regengrau auf die Frontscheibe warf. Bilder, romantisch und abenteuerlich herausgeputzt, drängten sich wie frierende Meerschweinchen im Rückspiegel zusammen, verwischten bei zunehmender Geschwindigkeit zu einem einzigen Brei, in dem selbst die größten Städte keine Namen mehr trugen. Zurück aus den fernen Weiten, zurück nach Goslar, Göttingen, zurück zum Anfang, oder zurück zum Ende, ganz gleich. Augenblicklich eine Erleuchtung, innen, noch einmal: Die Leere vollgestopft mit duftenden Lotusblättern.

Guido hatte sich satt und hätte kotzen können. Das Beste wäre, überhaupt nicht nachzudenken. Je mehr er nachdachte, desto mehr mußte er sich hinterherlaufen. Dabei wollte er sich davonlaufen. Ging nach wie ein kaputter Wecker, verlor die Gegenwart aus den Augen, sich selbst. Wollte nicht wissen, wo er sich suchen sollte und nicht mehr irgendwohin fahren, nicht nach Paris, nicht nach

New York, nicht zurück, nicht zu sich und nicht zu ihr. Er hatte es satt, Gedanken, die keinen Inhalt hatten, ausgehöhltes Denken, erschreckte Träume, erblaßte Gefühle. Nichts hatte sich geändert, nur drohte sich plötzlich jede Kleinigkeit des Alltäglichen auf ihn zu stürzen, als wäre mehr als nur Gewohnheit dahinter. Er mittendrin, ob er wollte oder nicht, mußte die Dinge nehmen wie sie kamen, ihrem Lauf folgen, an dem er nicht viel ändern konnte. Und trotz dieses platten, aufgebauschten Weltschmerzes, wußte er es ganz genau: Isabelle und er paßten nicht zusammen, auch wenn sie noch das Gegenteil behaupteten, Guido dann und wann zu ihr kam und sie sich freute, bis die Stimmung umschlug und er sich für ein paar Tage wieder verdrückte, bis sie ihn vermißte, ihn anrief und er zurückkam, oder sie zu ihm kam. Ein Hin und Her in dem es nicht weitergehen konnte. Guido wußte es längst, nur wollte er es nicht glauben. Er schickte sein windiges Selbst weit weg zu den Eingängen anderer Universen, auch, wenn es nicht mehr als das eine gab, zerteilte sich in einen, der da und doch nicht anwesend war, jemand, der aus sich herauswollte und nicht konnte, einer, der festhielt, als er sich loslassen wollte. Was will dieses Leben aus mir machen, fragte er sich, was wird aus mir in diesem Konflikt zwischen meiner Gleichgültigkeit und dem Versuch, der zu sein, der ich sein will? Keine Aufgabe zu erfüllen, kein Ziel zu erreichen. Er machte ein Gesicht als hätte er sich einen schlechten Witz erzählt. Das sah niemand, er war ja allein. Nebenbei wuchs aus seiner Enttäuschung ein hellhöriges Ohr, das sogar in der überfüllten Kneipe, Samstagnacht, die kleinste Spur des Unsichtbaren aufnahm, Moll-Geraune in Dur umschlagend, das Unausgesprochenes aufnahm, bis es wie die Explosion eines Vulkans erklang. Er hielt sich seinen Kopf fest.

Isabelle kam aus Washington zurück, hatte dort Sylvester gefeiert, kam zu ihm und sagte: „Jetzt ist es endgültig vorbei, aus und vorbei, weißt du, Guidos Geliebte ist nicht zurückgekommen, die läuft über den Broadway mit einer roten Nase... schnell ins Warme, einen Tee trinken...“

„Eine Nase wie ein Clown?", fragte er und verstand doch. Er hatte sich daran gewöhnt, keine Wirklichkeit mit ihr zu erwarten.

„Nein, da ist es doch kalt, sie wird nicht zu ihm zurückkommen, die Liebesgeschichte ist vorbei.“

Guido wünschte sich nur, daß es schneien würde, und, daß das Ende nicht noch weitere Umwege gehen würde bis es endlich bei ihm wäre.

Er verließ das beengende Zimmer, in dem der Traum hinschlug und sich die Beine brach, in dem sein Herzschlag hohl und humpelnd klang. Monophonie verhakte sich in den Dissonanzen zersplitternden Geschirrs: Polterabend der Einsamkeit. Da erschien es vor ihm, das Ende, wie eine zugemauerte Tür. Die Sterne blinkten weiter in ihrer Unerreichbarkeit. Er biß auf Granit und fuhr wieder zu ihr, blieb eine Nacht.

„Wir können es ja noch einmal versuchen“, sagte sie, „du wirst sehen, alles geht gut, wenn wir nur wollen", sagte sie. „Ich werde dich nicht verlassen, ich ertrage nur keine Beziehungskrisen..." Guido holte eine Flasche Rotwein und sie aßen Lasagne bei Kerzenlicht. Für einige Stunden vergaß er, daß es schon vorbei war.

In den Tagen danach sammelte er die leeren Versprechungen in einem rostigen Eimer. Versprechungen, die so leer waren, wie die Tage, in denen er überlebte, mit Wein und Wahrheit aus dem Angebot. Danach, als er wieder auf Distanz gegangen war. Doch *wohin*, fragte er sich, wenn es kein *wo* mehr gibt, *hin*, wenn es nur noch *her* ohne *und* geben wird? Die Reste nur aus Papier sind, gebleichtes Papier, auf dem die Schatten eine Spur wie im Neuschnee hinterlassen.

Nichtssagende Gespräche knackten in abgehobenen Telefonhörern. Guido schien weit entfernt, wußte nicht, wo ihm der Kopf stand. Beine und Füße aber kannten die Wege, schleppten sich weiter, und traten scheppernd leere Bierbüchsen an den Bordstein.

In der Wohnung seiner Kindheit, Wohnung mit dem langen Flur und dem Klavier im Wohnzimmer, auf dem Beethovens Gipskopf thronte, warf der Wind seine alten Drohungen gegen die fest verschlossenen Fenster, wimmerte: Wenn du nicht dein eigenes Leben lebst, wird es niemals gewesen sein. Es kratzten sich zertretene, fast vergessene Hoffnungen aus den Fransen des Teppichs. Lässig lehnten sie sich an vergilbte Tapeten. Dahinter nur Mauern, Türen ohne Türgriffe, kein Entkommen, da wo er mit sich allein war. Durchs Fenster gaffte dumm die Nacht. Ruinen des Mondlichts reckten sich empor wie giftige Pflanzen aus aufgerissenen Augen, als ihm die Sohle eines alten Turnschuhs in die Kehle genäht wurde. Abgeschraubte Wasserhähne ließen staubige Tränen explodierter Galaxien in ihn tropfen. Einleuchtend. Guido versuchte, sich aus dem Chaos zu retten, wollte sich wiederfinden, so wie er war. Aber der Termin beim Kontrollbewußtsein mußte auf jeden Fall eingehalten werden, weil das Saxophon John Coltranes in *A Love Supreme* keine Schuld haben konnte, wenn sich die E-Gitarre den Hals brach.

Verkrochen in das, was mitkriecht. Verrückt geworden. Aber überleben, weiterleben, um jeden Preis. So tun, als wäre nichts geschehen, als könnte gar nichts geschehen, obwohl das Ende doch schon so oft dagewesen war, alles mit sich genommen hatte, mit Zärtlichkeiten und Küssen. So tun als ob, als ginge es immer weiter. Die Liebe unter Schleiern versteckt, Schleier, die nur einen gähnenden Abgrund verhüllten. Guido war gelähmt von dem Biß der großen schwarzen Spinne der Gewohnheit und Angst.

Die Schattenrisse finsterer Wälder erhoben sich an matt schimmernden Seen, Rinnsale streckten ihre Finger aus wie Blitze in mondlosen Nächten. Pickelige Gleichgültigkeiten hockten vollkommen unberührt davon am Bahnhof, tranken ihr Bier aus pfandlosen Flaschen und sahen aus wie ganz andere Erfahrungen, die mit der Transsibirischen Eisenbahn verschwunden waren.

An einem folgenden Dienstagmorgen versuchte die Friseuse, hinter den bombastischen Plastikblumen im Schaufensters ihren Blues zu singen, den Blues vom Waschen, Fönen, Legen. Doch das kümmerte kaum einen, so als wäre ihr Leben eine Geschichte aus einer anderen Welt, von einem versteinerten Stern. Es kümmerte keinen, obwohl sie allen davon erzählte.

Erklärungen jeder Art verkrochen sich im Schrank, wurden von Motten belästigt und zerfressen, oder saßen lautlos auf einem gelben Sessel, um nach Luft zu schnappen. Die Zeit hielt an, blieb stehen, einen Augenblick nur, in dem auch die Räume ihre Grenzen verloren, das Oben und Unten, ihr Links und Rechts. Auch das an den Himmel gekratzte Ausrufezeichen konnte dieses Dunkel nicht erhellen. Verschlingendes Schweigen. Guidos Gedanken rührten sich kein Stück, zwinkerten ihm nicht einmal mehr zu. Bis das Lachen in ihm aufblitzte und ihm den Nebel von der Stirn wischte: Nichts ist für immer, zum Glück.

Ein Name war aus Kaffeepulver auf die gebeizte Fläche des Tisches gestreut. Seine Einsamkeit hatte sich verkleidet, war als Freund gekommen, um ihn zu holen, nachts, wenn die Sterne... Da, wieder ein Lachen, das jede Begründung verhöhnte. Wird es weitergehen, fragte er sich, mache ich mir nicht nur etwas vor? Die Antworten schwirrten, schreckhaft geworden, durch die Windungen seines Gehirns, sahen bei ihrem Austritt durch den offengelassenen Mund aus wie in Ungewisses geratene Zigeuner, hörten sich an wie blödsinniges Gekicher. Windgebeutelte Bäume standen an den Asphaltzungen zum Sonnenuntergang, der hinter einer Mauer aus Wolken stattfand. Die Wiederholungen bestanden darin, daß sich nichts änderte, daß das Alte kein Ende fand, nachdem er neu hätte anfangen können. Ein Anfang wäre der Bettzipfel der Freiheit, die Freiheit aber fand keine Form. Nur Gerede, um dem in der Nähe gefühlten Wahnsinn auszuweichen. Ein in einen Vogelkäfig gesperrtes Alphabet trällerte unbekümmert. Erscheinungen in einem Gequirl wirbelnder Federn als hinter dem gezückten Schrei die Maske pendelte. Leben nur dem Anschein nach. Guido, der noch auf der Suche nach einem aufrichtigen Leben war. Das Kaffeepulver wischte er mit dem Handrücken fort.

Er bohrte Löcher in seinen Kopf, der zu leblosen Ideen zerfiel, Ideen, von einem Wald ohne Bäume. Kopfkissen drückten sich vor aufgerissenen Augen in eine stille Ecke: Vielleicht sollte er einfach nur hoffen, daß er da wieder herauskommt, aus diesem Wald ohne Bäume.

Wie eine braune Papiertüte wurde er, kurz vor dem Absaufen, an den Strand des Michigan Sees gespült. Chicago. Schwere Schritte, den Strand entlang. *Sweet Home Chicago*. Ein Blues von Robert Johnson. Finstere Canyons lagen fest um seine Augen. Guido blieb nicht stehen, machte keinen Halt, sah nicht zurück. *Walking* mit Miles Davis, und der gemalte Saxophonist ging ihm schon im Chase Park verloren. Und, obwohl er sich fest vorgenommen hatte, einen Punkt hinter sich zu setzen, endlich der zu sein, der er war, ohne es sich wieder und wieder zu überlegen, nicht Fragen zu stellen, die keine Antworten haben konnten, war er schon ganz woanders, ein anderer, den er nicht kannte.

Bergriffe fummelten am Unendlichen herum, die es nicht fassen konnten, daß sich die Masse seines naiven Subjekts spaltete und wie Blei im Morast versank. Wäre es nicht gerecht, wenn die Selbstmörder unter uns die Todesstrafe erhielten? Was dachte er? Was wollte er hier noch finden? Der Fernseher schenkte ihm schöne, bunte Bilder zum mitternächtlichen Ende des ersten Februars, die Fragen verkrochen sich in die Wortlosigkeit, Gesuchtes versteckte sich hier und da, doch der Vorhang aus Traurigkeit fiel herab und das Stück war zuende... Bitteres Lachen, das sich wieder verlor, und sieh da, der Mond hatte sich in sein finsteres Zimmer geschlichen und kitzelte ihn an den Füßen.

Er wollte nicht auf sein Gerede hören, wollte die Worte nicht mehr abtasten, nach einem Krümel Sinn. Er wollte frei sein, vielleicht sogar so frei wie der Morgenwind, der im kahlen Baum nistete, sich hinabstürzte. Aber wie? Wohin noch? Er wollte sich fallen lassen, gehen lassen, durch Paris und weiter, bis zu den Pyrenäen. Auf die Spitze eines unsichtbaren Berges wollte er sich setzen, fliehen, aus Angst vor den Wiederholungen, vor einer langweiligen Leere. Geblieben war nur ein Ende, das mit ihm Verstecken spielte. Also war es noch nicht vorbei. Er verlor das Bewußtsein, das

Bewußtsein verlor sein Selbst. Schließlich ging er sich selbst aus dem Weg und wollte die Träume vergessen, versuchte, sich festzuhalten, zu bestimmen. Schloß die Augen und stürzte in sich zusammen. Seine Introvertiertheit implodierte wie eine Bildröhre. Die Phantasie machte mehr daraus als es war. Kein Platz für Guido, er mußte gehen. Isabelle und seine Träume, das war zuviel, kein Platz mehr. Verkrampft hatte er versucht, ernsthaft über sich nachzudenken, ertappte sich aber sofort bei der Frage: Warum lache ich nicht einfach, gehe weiter, träume und fühle, lebe munter drauflos? Oder einfach schreien! Aber mein erster Schrei, vor zweiundzwanzig Jahren war immer noch der ehrlichste.

Protokolle der Gedankenlosigkeit

Ein Funke newyorker Stimmung, ein Down-townfeeling, traf ihn in Göttingen! Das war merkwürdig, wenn nicht sogar mystisch. Einen Moment nur hatte er das Gefühl, vorwärts zu kommen. Es lag jedoch eine Verwechslung vor. Die Verwechslung lag ausgestreckt wie ein dickes Fell vor dem Kamin. Stummer Blickwechsel zwischen den Zweifeln und einer Hoffnung, vielsagend. Im Vorabendprogramm eine Verwechslungskomödie, mit einem wirren Traum und der unfassbaren Wirklichkeit in den Hauptrollen. Nicht ernst zu nehmen. Tage und Wochen gingen vorüber und er ging mit ihnen. Aber dieses Jahr war noch jung und lernte erst das Laufen. Vorsichtig machte es seine ersten Schritte und noch war nichts geschehen. Nichts Besonderes. Unabsehbare Handlungsabläufe spulten sich ab, spannten ihn ein. Regelmäßig erschien der Tag früh morgens, er nahm es kaum noch wahr. Gewohnheit. Er war blaß und wie benebelt, blieb in der Höhle verkrochen, in der er seinen Winterschlaf hielt.

Guido verließ ihr Zimmer in Göttingen. Bevor Isabelle zurückkommt, würde er schon wieder verschwunden sein, geschluckt von einem Schlund ineinandergestülpter Räume, die sich anboten, unspektakulär. Räume, die ihn ohne großes Aufsehen in Empfang nahmen und wieder verabschiedeten. Realität, er gewöhnte sich an sie. Drumherum war Leere, sonst nichts - was sollte es sonst sein?

Ohne Vorwarnungen fiel ihm ein, warum er so panisch, orientierungslos auf der Suche, immer noch auf der Suche war - er konnte nicht finden, hatte sich ans Suchen gewöhnt wie an die Erscheinungen seines diffusen Selbst. Wonach er suchte wußte er erst, wenn er es gefunden hatte. Als griffe er kurz vor dem Ertrinken nach einem Strohhalm. Aber die Freiheit, einmal angenommen, zu tun und zu lassen, was ihm einfiel, führte ihn zurück in diese aufgeblähte Langweile, in der es keine Unterschiede zwischen Geträumtem und Tatsächlichem gab, und in der das Fernsehgeflimmer verödende Eintönigkeit verbreitete. Eintönigkeit, die ihn auf Dauer nervös machte.

Und es schneite und schneite und schneite. In wenigen Stunden war es wirklich Winter geworden, nach dem „mildesten Januar dieses Jahrhunderts." Aber der Nachrichtensprecher beruhigte ihn, der Weltuntergang hatte heute woanders stattgefunden. Für Guido würde sich also nichts ändern, es blieb wie es war. Aber wäre nicht gerade eine Veränderung seine Rettung? Er hielt die Luft an, die nächste Tür führte nach draußen. Leuchtender Schnee häufte sich über den verzweigten Fingern schwarzer Büsche. Und schon hatte er Göttingen wieder verlassen, stapfte über die Schneewehen und scheuchte den Mond aus seinem Versteck. Hinter ihm die zugeklappten Türen, für die er keine Schlüssel mehr hatte und eine Kette verhakter Fragezeichen, an denen die Zweifel zerrten, bissige Zweifel. Warnung vor dem Weiterdenken! Sonnengelbe Busse schlichen durch glitzernde Nächte. Er machte einen Ausflug. Natürlich nicht ins Blaue, bei dem Schnee! Wechselnde Perspektiven folgten mit eiskalter Unschuld. Von Eiszapfen fixierte Augenblicke. Starrende Blicke aufgerissener Augen, blind nach vorn. Hinter der Stirn knabberte das Bewußtsein an der Teilnahmslosigkeit der Dinge, die ganz einfach da waren, ohne sich auch nur den Anschein einer Erklärung geben zu wollen. Er versuchte seine Schritte zu berechnen, und Richtungswechsel vorherzusehen. Ab und zu blieb er stehen, blieb verstrickt in vollendeter Vergangenheit und beginnender Zukunft, eine Marionette. Er hatte keine Wahl.

Tanzen, tanzen wollte er, tanzen wie die bunten Blätter im Herbststurm. Weiter ging es und ging vorbei, ging langsam, ging gut und schlecht. Aber tanzen wollte er, tanzen wo es kein Oben und Unten, kein Vor und Zurück mehr gab, wo selbst ein Funken, ein blasser Schimmer am Ende des Dunkels, die Idee zu einem neuen Universum war. Ein neues Universum, das er zu seiner Welt machen würde.

Geschwungene Lippen in dem verlorenen Gesicht. Abgewischt wie ein grinsendes Strichmännchen von der Schultafel, fortgewischt wie die eingetrockneten Kaffeeflecken auf der Wachstuchtischdecke in der Küche. Tabula rasa. Aber, wer weiß, vielleicht war diese Art des Lebens gerade in Mode. Sich die Freiheit nehmen, sich in ihr gehenlassen, oder mit ihr gehen, taumelnd auf dem straff gespannten Zwirn über eine finstere Bodenlosigkeit hinweg. Ohne Netz, das Bewußtsein war zerrissen und durch zerfledderte Maschen schlüpften die großen und kleinen Verrücktheiten. Nur eine Mode, das Leben, allen Befürchtungen zum Trotz.

In einer holzbraunen Rauchbierkneipe spielte er Poolbillard mit der Erinnerung. Momente waren im Vergessen zu versenken: Die Schule der Symmetrie verließ er als ein verfärbtes Produkt mit glattgekämmten Gedanken. Endlich vorbei, die Jahre, in denen er auf den Sitz geschnallt war, als wäre er angenagelt gewesen, Zeit, in der er stillhalten mußte wie beim Zahnarzt, warten mußte und durch Länder ohne Landschaften reiste. Er hob seine Blicke nicht, konnte sie nicht abwenden von den Fratzen zwingender Schlußfolgerungen. Wenn er nur die Augen aufgemacht hätte, sich vertraut hätte. Er hätte gesehen, daß von all diesen Zwängen keiner notwendig war. Ein lustiges Spiel. Auch sich konnte er leugnen. Alles nur ein böser Traum, in dem er sich verlassen hatte, um ein anderer zu werden. Niemand konnte wissen wer er war, es sei denn, er machte sich etwas vor. Täuschung? Enttäuschung? Liegt El Paso am Nil? Oder war er jemand, der sich Briefe in die unbekannte Zukunft nachsandte, um nicht zu vergessen? Ja, was denn? Einen verwirklichten Traum. Kein silberglänzender Traum, nicht Traum, Wirklichkeit!

Und vergiß nicht, vergiß es nicht, so sprach er mit sich selbst, bleib´ bei dir, lauf nicht fort. Wenn du ganz unten sein wirst, wird sich vielleicht eine verborgene Tür hinter der Tapete öffnen, und ein

Paternoster wird dich aus der Ausweglosigkeit entführen. Ausweglosigkeit, gerade genug Platz um den Atem zu schöpfen.

Immer weiter suchte er in vergangener Zeit, der er hinterherdachte, in einem Durcheinander, das scheinbar überall herrschte, das sein Suchen mit sich brachte... Und als das, was sein Selbst hätte sein können unvorsichtiger Weise vor ihm erschien, durchlöcherte er es solange mit seinen Fragen, bis nichts davon übrigblieb, er sich in den Finger biß, um sich davon zu überzeugen, daß wenigsten etwas handfestes an ihm war.

Zerknüllt lagen die Ängste in verkeilten Schubladen gemachter Begriffe. Die Lichtschalter für die Erleuchtung versteckten sich hinter einer Gardine aus Hirngespinst.

Er kroch auf dem Bauch durchs Unterholz um ein fremdes Eigenheim herum. Durch die Vorgärten mit Jägerzaun, von Parzelle zu Parzelle. Da, plötzlich wurde er aufgestöbert. Er blickte nach oben, in den Doppellauf eines Gewehres. Hörte, wie ihn eine rauhe Stimme ermahnte: „Bleib' ganz ruhig - denk' nicht einmal daran, keine falsche Bewegung - geh' du deiner Wege wie ich meiner..."

Im Dunkel des Vergessens hatte er gestöbert und hatte ein erleuchtetes Wohnzimmer entdeckt. Er, ein Indianer auf dem Kriegspfad. Ging vorbei an hell erleuchteten Zimmern, in denen sie sich um den Fernseher hockten wie um ein Lagerfeuer, den Mittelpunkt ihrer Welt. Folgte den Spuren der Kulturflüchter, entwurzelten Gedanken. Es wurde gelacht. So schlimm konnte es also gar nicht sein. Er drehte dem Geschehen den Rücken zu, wollte weiter, seinen Weg gehen. Bei dem kahlen Kirschbaum stürzte er auf die Knie, klatschte auf den Bauch, aufs Gesicht und blieb darauf liegen. Atemlos, und wie Kirschsaft mit Sahne vermischte sich sein Blut mit dem Schnee.

Guido versuchte sich auf die Schliche zu kommen. Wo hatte es nur begonnen? Er, ausgespuckt in ein plötzliches Dasein. Aufgeschreckte Schreie inmitten gleichförmiger Ewigkeit, oder naturbelassener Zeitlosigkeit, das war ihm ganz gleich. Bewußtsein wie über Wolken. Entblößter Bauchnabel. Tief gesunken in pure Existenz. Blau leuchtend, gemischt mit gestreutem Gelb. Spitze Sonnenstrahlen in pulsierendem Rot. Sehr verlockend! Doch er blieb unfähig, die Haut zu durchbrechen, aus sich herauszukommen, an eine Oberfläche zu gelangen, an der er etwas ändern konnte. Schließlich hüpfte er verzweifelt mit einem Schlußsprung in den Aufwind. Die überschrittene Schwelle am Rand zur Zukunft - nur ein ganz gewöhnlicher Bordstein. Weit breitete er seine Flügel aus - lächerlich jämmerlich, sie waren längst gestutzt.

Vergangenes heftete sich an seine Fersen, bedrängte ihn. Es war gerade genug Platz, um die Einsamkeit in der Nähe zu fühlen. Viel zu nah. Wie lange wollte er diese Existenz noch schleppen? Bis er an ihr erstickte? Vergangenheit ohne Ende, Geschichten ohne letztes Wort. - Stopp! - Die

Ampel an der Grenze zur Auflösung funkelte ihm warnend ihr blitzendes Rot in den Gehirnmatsch. Eine gleichzeitig neben ihm erscheinende Enttäuschung war sehr groß und stand da, mit schlotternden Knien, sah aus wie ein Narr über den jeder lachen konnte.

Kurz bevor es dunkel wurde, blitzte ihre gezückte nackte Schulter auf. Ob sie ihm die kalte zeigte, oder es sich anders überlegt hatte, blieb verborgen. Isabelle drückte ihm einen Kuß auf den Mund und lachte. Er wollte nicht mehr bleiben, war wieder weiter gegangen, hatte sich verändert und konnte sich keinen Ausweg aus dem Labyrinth der Gefühle mehr vorstellen. Und doch war er entkommen. Stellte sich noch schnell eine letzte Frage: Glaubst du eigentlich, daß du das Spiel verloren hast, befürchtest du nicht, daß du dich in Luft auflösen wirst? Fragen, rein rhetorisch. Er blieb ein Unbekannter für sich und lief sich davon. Die linke Hand griff durch angebotene Lebensweisen, Spinnweben, versuchte zu halten. Er versuchte sich aufrecht zu halten, niemand sollte sehen, daß er keine Wahl hatte, und schon flach auf dem Boden lag, mit dem Gesicht nach unten, daß er, selbst wenn er an einen Sinn glauben wollte, noch lange nicht davon überzeugt wäre. Nicht glauben konnte, nur weil alle anderen so lebten: Lebensweisen im Angebot nach Schema F.

Aber er hatte sich ins Tragische verliebt, seitdem sie ihm dieses Schweigen beigebracht hatte, das lautlos in ihm dröhnte. Dabei lief in der Berliner U-Bahn ein Geplauder über alle Sitze hinweg ab, bei dem ihm so ein Typ unbedingt erzählen mußte, wo er sein Futon, ganz billig, unheimlich günstig, zweite Wahl, gekauft hatte. Guido war ein Unbekannter und konnte verschwinden, Kottbusser Tor, als hinter seinem Rücken Griechenland und die Wüste Gobi eins wurden mit den Reklamewänden. Reklame für eine goldene Zukunft. Aber wer glaubte denn noch daran? – War sie nicht selbst nur ein Werbetrick, die Zukunft...

Gigantische Monster aus Wellblech, rosa und hellblau, stampften durch das nächtliche Berlin. Sie bewegten sich die Straße des 17. Juni entlang in Richtung Brandenburger Tor. Guido blieb auf dem Grund eines unbekannten Ozeans sitzen, um Luftballons aufzublasen - aber vielleicht war das sein Glück. Mit einem arg verknautschten Gesicht würde er im Morgengrauen, wenn es schon nach Sonnencreme roch, die sehnsüchtigen Blicke den Strand entlangschweifen lassen, sein leuchtendes Lachen verschenken. Könnte er sich nur verlieren, so als wäre er ein Pfennigstück, sich wiederfinden an den Wegen, die gestreckt liegen blieben... Er blieb ein Niemand, der sich nicht finden konnte.

Die rot flimmernden Rücklichter des Zuges verschwanden um 0:35 Uhr vom Bahnhof in Hannover. Im letzten Augenblick huschte noch ein mattes Lächeln über Isabelles Gesicht, das er in den langen Nächten, die folgten, erscheinen lassen konnte. Seine Augenlichter im Rückspiegel bei 160 Stundenkilometern. Sie ging auf Reisen, erst zu ihren Eltern nach Washington, dann weiter nach Hawaii. Er blieb zurück in einer kleinen Welt. Zwischen ihr und ihm nur Erinnerung, eine verbissen kämpfende Erinnerung, die erstaunt wäre, wenn man ihr sagte, daß sie keine Folgen mehr haben würde. Nicht mehr, außer vielleicht die schale Sehnsucht, mehr nicht.

Isabelle, die schweigend dasaß. Gab es noch etwas zu sagen? Er sah noch, wie sie ihre Selbstgedrehten rauchte, wie sie fortging, sein Zimmer verließ, Wände, zwischen die er allein zurückkehren mußte. Am Bahnhof, ein gefundenes Lachen - eher ein mattes, schon verblaßtes Lächeln. Wollte sie noch etwas sagen? Nein, nichts... rot flimmernde Rücklichter.

Nachts um halb vier, war er noch immer wach, als eilende Gestalten, sichtbar wie verwischtes Grau, zur Arbeit hasteten, ein Kreis leerer Bierflaschen ihn umstellte, Flaschenhälse sich in die Dämmerung reckten und endeten wie erstaunt offengebliebene Münder.

Zum Rauschen der Heizung flüsterte er einen zwiespältigen Dialog, hörte es plätschern in den Rohren, als wäre es das Meer. Aufheulen des Kühlschranks nebenan. Kreisläufe. Sonst nichts. Nur der eigene Herzschlag wie ein Metronom. Zeit für einen Blues, Blues für den, der sich selbst vergessen wollte, um sich Gesellschaft zu leisten. Verharrende Vernunft.

Ganz deutlich zu erkennen war aber *die Zweiundzwanzigste Träne des Lachenden Januarmundes*, wie sie diesen grünen Stein genannt hatte. Ein Geburtstagsgeschenk. Er versuchte ihn zum Leben zu erwecken, jetzt, wo sie fort war. Hielt ihn in der Hand, wärmte ihn wie einen aus dem Nest gefallenen Vogel. Blieb still sitzen, bei dem Hin und Her im Kopf. Vom Allgemeinen zum Besonderen und wieder zurück. Aber *die Zweiundzwanzigste Träne des Lachenden Januarmundes* blieb tot wie ein Stein. Schritte hallten zwischen den Häusern hindurch. Er hatte die Ohren ganz dicht an der Mauer zur Nacht und sah Sterne, als wären es Schlüssellöcher.

Das Telefon neben dem Bett schrillte kreischend laut. Eine halbe Stunde ging baden für ein Ferngespräch. Erst nur der Nordatlantische Ozean zwischen ihr und ihm. „Gut angekommen - der Flug war ruhig - das Wetter ist klasse - die Eltern lassen grüßen, sind schon ganz aufgeregt, waren noch nie in Hawaii." Er freute sich über ihren Anruf, wußte aber nichts zu sagen. Der Nordatlantische Ozean, dann ein ganzer Kontinent und schließlich der Stille Ozean zwischen ihnen. Seine Vorstellungen schnellten über Straßen aus Licht, wie Wäsche hingen die Worte an der Leine.

Die Tür am Ausgang seiner Verschlafenheit wurde geöffnet und blaß trat die knirschende Stimme des Dieselmotors ein, der Zwillingsbruder der Rückenschmerzen auf dem Fernsehsessel. Gequirltes Neonlichtgefunkel blitzte vorbei am wuchernden Unkraut der unvorstellbaren Entfernung. Zum Schluß streckte sich aus dem geworfenen Handtuch ein fliehendes Solo, saxophonfarben. Tanzende Derwische traten ein in

Unbekanntes, ließen die Türen offen, er wagte einen Blick... buntschillernde Trance, mehr durfte er nicht verraten.

Sein Lebensstil: Es gab keinen Unterschied zwischen Tag und Nacht. Er schlief nicht mehr, erwachte nicht mehr. Die Sinne waren gefallen, irrten. Tiefe des Nichts. Farben, die sich unabhängig von Gegenständen und anderem erklärten. Das gebrauchende Bewußtsein auch ohne Konkretheiten. Zeit ohne Beginn, als wäre der Augenblick ewig.

Als hätte ihn das Meer verschluckt und unter wogenden Bergen und Tälern begraben. Er war auf Grund gelaufen und saß jetzt da, in sich versunken. Dachte Gedankenloses. Geschliffene Mauern. Ruinen. Zeit. Er dachte sich ein Leben hinzu, verloren, dachte vorbei an den dunkelsten Ecken auf der Suche nach der Perlmuttsonne, die ihm ein Lachen gezaubert, versprochen hatte, als wäre er ein Kind und jedes Märchen glaubwürdig, als wäre alles möglich, nur, weil er es wollte.

Er wußte, daß er diese Art der Lüge gut gebrauchen konnte. Worte, da, wo nichts mehr war. Das stürmisch wellende Meer drohte ihm mit dem Untergang. Na und, er war doch schon abgesoffen. Schneeweiße Laken trugen seinen Schlaf auf einer Bahre der Nacht und gaben ihm ein alltägliches Bewußtsein zurück. Quintessenz: Ein Dartpfeil durchbohrte das Herz des Luftballons und nagelte Fetzen blutigen Gefühls mit dem Rücken an die Wand.

Hineingeboren in fließendes Wasser. Rio Grande. Drumherum etwas undenkbar Gedankenloses, unvorstellbare Vorstellungen, wenn er wollte. Eins, zwei, drei und fertig war die Welt, seine Welt, in der er sich gefangen hatte, eine Welt, die an ihm kleben blieb wie feuchte Erde an den Fingern. Zeitströmung, Katarakt des Augenblicks, und wieder zähes Treiben.

In seinen Taschen fand er ein paar Krümel Tabak, schon wieder dachte er: Wenn man finden konnte, mußte es auch einen Finder geben. Hoffte er insgeheim das Selbst vielleicht doch noch zu finden, um beruhigt zu sein, in dieser Hülle? Ein Selbst, das mehr wäre als ein Finder von Tabak- krümeln und matschigen Steinen? Er konnte es sich nicht abgewöhnen... Ein gefundenes Selbst, was wäre das? - Ein gefundenes Fressen für seine Zweifel auf jeden Fall. Und gäbe es für dieses ent- deckte Selbst sogar noch einen Finderlohn? Finderlohn von wem? Bonus im Himmel? Er konnte sich nicht abgewöhnen so zu denken, und hatte doch keine Antworten, verstummte sprachlos, wenn er gefragt wurde: Wer bist du denn? Fragen von denen, die dreist von sich überzeugt waren, ohne jemals danach gefragt zu haben.

Guido war weder noch, und hatte selbst das Zählen der Tage und Nächte aufgegeben nach denen Isabelle zurückkommen wollte. War allein vor dem Fern-weh-seher. Allein, mit dieser Flut aus schlechten Witzen, über die nur die lachen konnten, die dafür bezahlt wurden. Lief durch die Bilder glühender Sommer und blitzend blinzelnder

Fenster, über den dampfenden Teer der Straßen die Wege entlang hinter dem toten Punkt, die Luft, durchzogen von Gerüchen, die ihn überfielen, erinnerten, ob er wollte oder nicht, Erinnerungen an andere Leben, mehr nicht. Er nannte es: Atmen wie fallende Asche, oder die Luft anhalten wie den surrenden Kreisel. Schon war er aus Stein, mit eingeschlafen Beinen, war der Stein, der in dem Tümpel am Rande des Waldes versank. Die Freiheit war kurz vor ihm dagewesen. Noch hing der Geruch nach Luft in der Luft.

Oder er ging hinaus auf den Balkon, lehnte sich zurück, wurde taub für sein Gerede. Natürlich war alles nur ein Trick, denn mit den Gurken im Salat war nicht gut Kirschenessen. Lehnte sich in eine entfernte Weite, als sich der Winter eine kubanische Zigarre stibitzte, sie genüßlich schmauchte und sich Zeit ließ. Taschenspielertrick. Wollte fliehen. Von Puka Puka sprach schon keiner mehr. Außerdem wußte kaum noch jemand, wo das sein sollte.

Was ist? Wieso wo? Wofür und warum? Aber die Fragen machten die Kugel erst rund.

„Wie kommst du nur auf solche Ideen?"

„Was für Ideen?" - Er schlief mit dem Ohr am Fell sich trollender Eisbären, konnte nichts erklären. Bloß keine Erklärungen, als das Schweigen wie eine schwarze Katze vor dem Sprung auf dem Teppich hockte, er sich im Sessel zurücklehnte und bizarre Augenblicke verschenkte, als wäre es seine Zeit, irgendwo im Nirgendwo. Er wollte sich das Unbewußte nicht mehr bewußt machen, sich nicht mehr das Nichts als ein Etwas vorgaukeln. Der Schrecken vor dem Ende blähte sich auf. Minderwertigkeitsgefühle krochen herum. Bewußtsein, nur ein starres Gerüst, aus formelhaften Bestimmungen, die im Vergleich zu den Tatsächlichkeiten aussahen wie ein Überschallflugzeug neben einem Kolibri. Er durchtränkte sein Bewußtsein mit Unbewußtem, aber fliegen, wie ein Vogel unter dem Himmel, konnte er nicht mehr.

Der Tanz schlafgestörter Fabelwesen, die um Mitternacht mit ihm um ein neues Leben feilschen wollten, konnte sogleich beginnen. Die zwölf Schläge an die Glocke des nahen Kirchturmes, der im Schnee versunken war, waren das Zeichen. Geisterstunde. Der erste Geist, ein Dämon alter Schule, in luftig wehender Trainingshose, durchsichtig wie eine mit Haarspray am Firmament befestigte Böe, sprang sehr elegant über die zehn Gramm des aus Ägypten angewehten Staubes, kurz nachdem er sich auf die in Falten gewellte Stirn ausgeklügelte geometrische Muster tätowiert hatte, den Atem einer Sphinx imitierend. Er sprang spontan von der Tischplatte herunter, der Ebene, auf der das Spiel des Lebens jeden Millimeter okkupierte, an dem klebrigen Kakaobecher, der einen Lebensmittelpunkt darstellen sollte, vorbei. Weg war er. Aus dem Staub gemacht. Der zweite, eine Art scheinheilig geistlicher Geist, wohl nur angelockt durch den klirrenden Klang der Glocken - niemand hatte ihn je gesehen - nannte nur einfach seinen Namen und war dabei genauso unglaubwürdig wie der erste. War nicht ganz geheuer. Da erschien eine Karawane abenteuerlicher Dschinns. In Begleitung der orientalischsten Schönheit aller Schönheiten, auf dem Weg zur Küste der guten Hoffnung, an der sie eine Flaschenpost zu ihren Füßen finden würde, deren Inhalt kein Übersetzer übersetzen konnte. Der Heizkörper fauchte etwas Glühendes dazwischen, als wäre die Wüste nicht weit. Dann war es wieder so ruhig, als wäre nichts geschehen, als könnte gar nichts geschehen. Stunden reihten sich langsam aneinander, hockten Schulter an Schulter, gähnten ins Leere. Der Spuk war verflogen.

Aus der Schwebe des blauenden Morgens griff er nach dem x-ten Versuch da zu sein. Ganz einfach da zu sein, zu sein, wer auch immer.

Der erste Bus des Tages fuhr hörbar schnaufend der kleinen Stadt entgegen. Die bleiche Büste des Busfahrers brach aus dem Rückspiegel heraus. Splitter zerstäubten Lichts legten sich auf banale Erscheinungen: Leere Sitze, verschlafene Gestalten, der rote Nothammer neben den großen Scheiben, hinter denen sich die Entfernung auflöste. Der Busfahrer öffnete das Fenster, um nicht im Dunkel zu ersticken. Auch er sah keinen Ausweg, hatte aber eine gute Ausrede parat: Es ist wie es ist und kann auch nicht anders sein, sonst wäre es ja nicht mehr so, wie es sein sollte. Und wo kämen wir da hin? Eine einfache Fahrt nur 3.80 DM. Die Automatik verschluckte sich bei bestimmter Drehzahl inmitten sie umlagernder Stille. Hinter dem Gestrüpp seines tropischen Zimmerurwaldes erhob sich der Gesang einer träumenden

Amsel. Vierzig Minuten später stieß sie der nächste, aufjaulende Bus von ihrem Ast: Kurze, warnende, nervende, fast hysterische Schreie, Schreie wie auf Beton rieselnde Plastikwäscheklammern. Doch eigentlich war er noch in Nashville, mit dem Blick aus Mexiko. Der dünne Asphaltstreifen zog sich lang wie ein Kaugummi aus dem Mund des Mississippis. Oder in Chatanooga, dort, wo Isabelle zum ersten mal die Geschichte von dem Tramper aus Denver erzählte, der Stunden später noch immer an der gleichen Stelle stand und sie mit Guido in die kühlgemäßigte Zone des Supermarktes floh, und sich bei den aufgetürmten Süßwaren mit ihm fetzte, weil es keine Sandalen zu kaufen gab... Der verstörte Blick eines anderen Kunden, der schnell das Weite suchte, das aber auch nicht zu finden war.

Die Liebesgeschichte entspann sich in der Ferne hinter dem Horizont, vom Himmel der Jamaica Bay, Brooklyn: Eine verirrte Aphrodite mit wild im Wind wehendem Taschentuch in der Hand, versuchte, farblos ein Taxi aus dem Verkehr zu fischen, hatte kein Glück und drohte, im Morgengrauen zu verblassen. Sie wollte ein Rock´n´Roll-Star sein und nannte sich Maggie May, die, die loszog, um die Dollarscheine auf der Straße zu finden. Sie floh aus Südkalifornien, wo es scheinbar niemals regnete. Außerdem hatte sie keine Lust auf ihren Geburtstag, und machte sich in einem rostigen Auto davon. War herausgewachsen aus den naiven Vorstellungen von der Zukunft, die versprach, ganz anders zu werden -

daß die sich nicht schämte, diese Zukunft, so dreiste Lügen zu verbreiten.

Ihre andere Hälfte, die es tatsächlich gab, obwohl sie noch nie etwas von Plato oder anderen Griechen gehört hatte, ahnte nichts von Maggie May, glotzte nur irgendwo in die Flimmerkiste und trank Bier, wußte nur: Jede Zeit hat ihre Illusion für sich. Hinter dem Fernsehsessel brach die sogenannte Realität ein, stahl ihm ein paar wertvolle Phantasien, ohne daß er es bemerkte. Aber schon an der nächsten Ecke wurde sie verhaftet, diese zeitraubende Realität, und in den muffigen Keller der Ignoranz gesperrt. Niemand meldete diese wertvollen Phantasien als vermißt, und so beschlossen sie ein Wanderleben zu führen. Zerzaust sahen sie aus, wurden gegerbt von Wind und Wetter, waren vogelfrei. Saßen manchmal wie die Krähen in einem kahlen Baum und krächzten. Zogen umher, auf überwucherten Wegen, auf denen ihnen schon lange niemand mehr begegnete.

Richtungen änderten sich ohne jeden Plan, und nur der Stoffnarr, der am Rückspiegel baumelte, grinste wie immer. „Na, na", raunte der böse Wind im Wirrsal ihrer Haare, immer nur „na, na", denn er war einsam und hatte sich so sehr den Traum mit der Sonne gewünscht. Fallender Nebel verwischte jede Entfernung. Sie schnappte sich den Stoffnarr und stopfte ihn in ihre Tasche, ließ, wie schon gesagt, ihr Taschentuch wehen, wehen im Wind. Der trug sie zu ihm, der Wind, der gar nicht böse war, nur launisch.

Unglaublich, am Ende fanden sie sich tatsächlich, und wurden zusammen sehr, sehr glücklich.
Wie selbstverständlich paßten sie zusammen, blieben zusammen auf unerklärliche Weise. Und wenn
sie nicht...

Geschichte in denen alles zueinander paßte.
Aber selbst wenn sie in den Räumen der Alltäglichkeit daher käme, diese Liebesgeschichte in
Hannover in einer Straßenbahn begonnen hätte,
wäre sie nicht glaubhafter. Schon längst hatten
sich die Zusammenhänge verloren und kein
Rezept konnte verschrieben werden, oder un-
zählige, für die Guido mehr als ein Leben
benötigen würde, um sie auszuprobieren. Und
wenn er versuchte die Wirklichkeit zu begreifen,
zerfiel sie ihm in unglaubliche Nebensächlich-
keiten, Wichtigkeiten oder Spinnereien. Da erschreckte ihn der Abgrund hinter dem Ende und er
mußte sich zwingen die zerbrochenen Bilder nicht
zu einer Einheit aufzubauschen. Seine maro-
dierenden Vorstellungen zerschlugen ihm jeden
Halt. Kein Entgegenkommen des Sinnvollen.
Konnte er es sich nicht vormachen? Die Gedanken
prostituierten sich auf ihrem Strich.

„Hey! Augenblick mal! Laß´ uns doch bis zum
Hindukusch gehen."

„Aber an den Furchen der Wolkenfelder stehen
unsere Fahrräder und rosten vor sich hin. Wir
müssen sie bewegen."

„Die ausgesperrte Welt, die mir an den Kopf
schlägt, ihn mir verdreht..."

„Eine gewöhnliche Geschichte beginnt so: Als

der springende Punkt ausrutschte und mich tangierte, aufstöberte in dem Schwarm irisierter Rotkehlenhäute..."

„Ich unterbreche dich nur ungern, aber du hast vergessen zu sagen, daß du zu diesem Zeitpunkt dein Leben im Land der Katzenköpfe versoffen hast."

„Richtig, aber da hatte ich noch acht, von den neun, die nun mal allen Katzen und ihren Anhängern zustehen. Doch mein Kopf war auch in den Oasen der Logik nicht mehr zu finden. Wenn ich noch Hoffnung gehabt hätte, wäre ich in einer Badehose von der Spitze des Empire State Buildings gesprungen, voller Überzeugung, den Pluto erreichen zu können, um in den zu durchquerenden Meeren mit ein paar bunten Fischen über den Sinn eines Sinns zu philosophieren, um einzutreten, durch das sagenumwobene Sesamöffnedich. Aber ich habe diesen Notausgang zur großen Gleichgültigkeit nicht entdecken können."

„Bei mir regnet es ständig Asphaltsplitter auf die Spiegeleitränen aus rosa Watte. Wenn ich mich nicht irre, kommt die Watte aus der Fernsehwerbung. Eine Kiste mit großem Auge, die dort aus der Ecke zu mir herüberschielt... Kann man mit einem Auge schielen?"

„Es wird gesagt, daß man alles kann, wenn man nur will."

„Wenn man aber nicht mehr will, muß man dann immer noch können?"

In einem Bäckerladen wollte er sich Eis kaufen, ein bestimmtes, das er auf der Karte vor der Tür gesehen hatte. Die schwarzhaarige und schwarzäugige Verkäuferin mit dem Milchkaffeeteint in weißer Schürze begleitete ihn vor die Tür. Er sollte ihr zeigen, welches er meinte. Sie lachten zusammen, er umarmte sie. Das Eis, das er wollte, schien es nie gegeben zu haben. Lachend, kopfschüttelnd folgte er der Verkäuferin über die grauen Stufen zur Eingangstür, ohne sich noch einmal umzudrehen. Die Verkäuferin wechselte mit ihrer Kollegin ein paar Worte. Sie lachten. Er wählte ein Éclair. Irgendjemand fragte ihn wie aus dem Off, ohne daß es ihn noch verwundert hätte: Du bist wohl Göttingen nicht mehr gewöhnt? Die Kollegin der Mandeläugigen war blond und blaß, wie immer. Sie begleitete ihn. Vor der Tür kamen sie auf den Times Square, drehten sich um und gingen die Bourbon Street entlang, sie reichte ihm ihre Hand...

Da riß ihn das scharfe Klingeln an der Tür hoch. Aber er öffnete nicht. Der Postbote? - Jetzt wußte er aber weder wer an der Tür noch wer diese Verkäuferin wirklich war, die so mit ihm abgerechnet hatte.

Verstand einer das Blauschwarz? Er dachte an das einzigartige, das sich auf morastigen Wegen zum Sonnenuntergang davonmachte, an den aufblitzenden Einkaufswagen, unter den geknickten Neonlichthaltern vorbei. Noch dämmerten die kahlen Baumschatten darin. Sie blieben unbetroffen, trotz verlockenden Verglühens.

Und Guido? Verfolgte er sich noch wie die Polizei einen Verdächtigen, war sein Bewußtsein bereit, sich ihm zu stellen, oder ihn zu stellen? Er hörte sein Atmen so laut als brauste ein Sturm durch bucklige Weiden. Erschrak, als er sich an spitzen Dächern brach und liegenblieb, verendete in einem Röcheln. Vogelgezwitscher in den kahlen Baumkronen. Mit den Gedanken war etwas nicht in Ordnung - sie schämten sich ihrer Unbeholfenheit und verkleideten sich mit schönen Worten, schämten sich, als sie sich der Tat und einem, aus sich selbst herausrollenden Geschehen gegenüber sahen. Die Sprache war verklemmt. Würde er die Wahrheit wählen, wenn Kaffeetrinken und Autofahren danach verboten wäre?

Neben dem analphabetischen Zeitungsjungen, der von einer Wortlawine verschüttet wurde, lagen entzweigebrochene Augenbrauen. Und niemand hatte bemerkt, daß in einer hohlen Hand mehr Platz war als in dieser aufgebrühten Ewigkeit, zwischen diesen wiederholten Versöhnungen, Vertöchterungen. Kompromisse machen, Sein nur zum Schein, Schein, der zum Überleben überredete. Und weiter Worte dafür finden, in dem kleinen, verschachtelten Lebensraum, in dem anscheinend nichts passierte, und doch auch alles geschah, das war wie Würfeln mit Murmeln.
Sechs aufgelöste Gedanken die nichts voneinander wissen wollten. Drei, denen einer fehlte, um Ostern zu feiern, und der eine, der die Würfel erst einmal fallen ließ. Wenn sie voneinander wüßten,

müßten sie Konsequenzen ziehen, müßten zur Tat schreiten, müßten das Alte beenden und sich Neues zimmern. Aber dafür seien sie nicht zuständig, behaupteten sie und ließen die Sinne irren. Irrsinn. Guido glaubte, daß er noch derselbe war, der von früher, mit der Mauer vor dem Gesicht und der Straße im Hinterkopf. Eine Mauer, auf die er zuraste in einem letzten Versuch die Bewußtseinssplitter zu seinem Weltbild zusammenzusetzen, als der Traum sich seinen Stern in die Stirn schlug, und sich nicht mehr wehrte gegen das Kreischen der gebremsten Waggons unter der Brücke am Güterbahnhof, früh morgens, mit knurrendem Bauch.

Wie ein vereinzeltes Etwas stand er im Plattenladen, und unter den gelben Muscheln des Kopfhörers bekam er heiße Ohren, als sich hinter der großen, verregneten Schaufensterscheibe die Eingeborenen dieser beschaulichen Enge durch die Fußgängerzone schoben: Krumme Gestalten, wasserscheu. Regen war hier noch immer schlechtes Wetter.

Verwischte Gesichter, aus denen er die Langweile und den Zorn las - wie konnte man nur hier geboren worden sein, keine Palme am Strand, nur dieses ewige Grau, das sich manchmal wie eine stürzende Zimmerdecke senkte. Er verlor kein Wort, suchte keins, wippte im Reggae, summte den Blues, hielt sich fest an nachtumschattetem Schweigen. Es gab nichts Neues, nichts gab es, und ewig Wiederholtes war nicht gerade reizvoll, obwohl das Unveränderte heute ein staubiges

Rouge auflegte. Nein, nein, ihm reichte es! Es ließ sich nicht begreifen. Ausgedachte Begriffe konnten es nicht ändern, nicht halten. Hände weg, bitte nicht berühren. Er war handlungsunfähig, gewohnheitsmäßig.

Andere konnten aus allem etwas machen, er nicht, nicht mehr. Er staunte, sah verblassende Illusionen, farblose Alltäglichkeit, Gewohntes. Die Wege, die er ging, zerfielen tropfend zu Staub. Aus allem wurde etwas gemacht, selbst aus dem Nichts. Und der gefallene Engel am roten Papierfallschirm hatte nur Angst vor der Angst. Auch er war auf der Durchreise, war erschienen und verblichen, ohne eine einzige Frage gestellt zu haben, nicht einmal: Wohin, so kurz vor dem endgültigen Ende? Ende, hinter dem Guido barfuß und mit ausgebreiteten Armen versuchte über einen Regenbogen zu hüpfen, um so den Horizont zu überlisten. Er versuchte es, allen guten Geistern zum Trotz, und auch allen schlechten, als gäbe es keine Unmöglichkeiten... Fing sie ein, die zu Asche verglommenen Funken, stopfte sie sich in die ausgebeulten Jackentaschen. Verlor nicht die letzte Handvoll blanker Sterne, denen er noch folgen konnte, erwartete das Ende hinter dem ein neuer Anfang gemacht werden konnte - Anfang einer frisch gewaschenen und gebügelten Unschuld?

Aufgetauter Spinat tropfte gemüsegrün in eine chromblitzende Spüle. Doch lockeres Blau zog wie ein kühler erfrischender Morgen über das Sichtfeld hinweg. Mit einem Blues erzählte er sich schwerfällig von einer beendeten Kindheit, aber es war ein Vorurteil zu glauben, der Blues sei traurig. Der schmetterlingsgroße Bernhardiner allerdings spielte nur Verstecken mit ihm.

Hinter fest verschlossenen Augen erschien ihm ihr Gesicht. Ihr Gesicht von flüchtigen Fingern mit weichem Bleistift skizziert. Er nannte ihren Namen. Hohl hallte er durch bleich gekachelte Schluchten. Er bekam kalte Füße und die Romanze wurde von einem bissigen Ende befallen. Der Mond ging in einem gefrorenem Tümpel baden, ganz nackt, erlosch auf dem Spiegel der Nacht. Am Horizont die ausgeschnittenen Schattenberge.

Peter Schwarz - KLICK

(Anmerkung: KLICK ist eine Pause, über kurz oder lang. Eine Pause zum Verschnaufen und Besinnen. Oder ganz einfach das Ende, nachdem es weitergeht, ganz automatisch, in allen möglichen Formen und Farben durcheinandergeratener Wirklichkeiten, verrenkt und verklemmt. Und der Schwarze Peter ist nichts weiter als ein Kinderspiel.)

„Lach´ für mich!", säuselte der *Loverman*, ein Solo von Charlie Parker auf den Lippen, „lache laut, damit das Meer von Debussy blauäugig bleiben kann, das Meer, in dem du auf Grund gelaufen bist, schwarzer Peter. Und nimm es nicht so schwer, aber: Nimm es dir!" KLICK Er konnte sie schon nicht mehr hören, wollte sie nicht hören. Ein Gedudel, diese Geschichte, unglückliche Liebesgeschichte. Leiern. Guido in Berlin, der sich jetzt Peter Schwarz nannte, fragte noch: „Für wen eigentlich, für wen ist dieses Leben?" fragte, obwohl er nicht glaubte, eine einleuchtende Antwort zu finden. „Für dich selbst, nur für dich selbst mußt du jetzt das Leben lernen", murmelte er mit fest zusammengebissenen Zähnen. „Was ist übrig geblieben von mir? Der zusammengekauerte Haufen, da, in der Ecke, dieses Häufchen Elend, mit der Angst vor der Angst? Da ist sie noch, die Straße, Straße, auf der ich entkommen werde... Oh, ich kann es schon nicht mehr hören, will es nicht mehr hören." KLICK In seinen Gedanken konnte er sich noch nicht ohne sie sehen, obwohl er jetzt allein war, wirklich allein. KLICK Ein richtiger Blues. Sein Blues von dem Freund, der kein Freund ist. Freund, der am liebsten Wodka trinkt und Harley fährt, Herzdamen entführt, ja, Herzdamen, die schreiben, daß sie gar nichts dafür können. Ein Bube, ein böser Bube, und sie, die nichts dafür kann. Und Peter, übrig geblieben, als einziger, als letzter, in seinem Leben, das er zum Kotzen findet und mit dem er nichts mehr anzufangen weiß. Blues, und die brennende Zigarette. Ist dieses Leben nur eine Sucht? Er schichtet die leeren Tage zu einem Scheiterhaufen. Schon schmerzt die Lunge. Brodelnder Qualm, in dem die Träume versinken. KLICK Hatte der Schwarze Peter die Insel des Vergessens erreicht, sich gelassen im Schatten gefächerter Palmen gewälzt? Konnte er das gesunkene Schiff der Hoffnung rechtzeitig verlassen, geklammert an einen letzten, zerbrochenen Augenblick? Träumte er, ein Fisch zu sein, ein fliegender, der davonkommt wie der Fregattvogel, zu fliehen wie die Wolken mit dem Wind? KLICK Er trieb sich in der Durchsichtigkeit herum. Nur ab und zu suchten ihn noch ein paar verlorene Gedanken auf. Worte perlten zäh aus dem verstummtem Mund, der offengeblieben war, wie nach einem Schock. Sprachlos, nicht wortlos, Sinn mit Unsinn mischend. KLICK Stunden saß Peter Schwarz fast regungslos auf dem Friedhof an der Zossener Straße und sah den Gärtnern bei der Arbeit zu. Die Frau, die zu seinen Füßen lag, wäre im nächsten Jahr hundert Jahre alt geworden. Die blasse Sonne am noch viel blasseren Himmel interessierte das selbstverständlich überhaupt nicht. Zwei weiße Tauben, die in den kahlen schwarzen Ästen über ihm gelandet waren, warnte er mit bösem Blick und erneutem Gemurmel: „Scheißt mir bloß nicht auf den Kopf, selbst wenn das Glück bedeutet. Glück ist das letzte, was ich jetzt noch gebrauchen kann..." Aber es war ihm egal, Glück und Taubenscheiße. „Hat für mich genausowenig Sinn zu leben, wie tot zu sein - darum." --„Sei doch froh, wenn du nicht weißt, wo dein *Loverman*, *Lovergirl* und so weiter ist. Du kannst danach suchen, es dir ausmalen, davon träumen wie es wäre, wenn... Wenn sie vor dir stehen würde, ohne dieses Gewesene, das nicht mehr anders sein kann. Jetzt schicksalsergeben in einem Wie Es Ist... Vorbei ist es." KLICK Dienstagabend schminkte das Rouge der untergehenden Sonne die rostigen LKW in Richtung Göttingen. Spät in der Nacht kam er zu ihr, nicht überraschend, hatte sich angekündigt. Noch konnte ihn nichts halten in Berlin. Noch glaubte er an eine jähe Wendung. Wendungen, die drehten ihn im Kreis, in dem er immer wieder den gleichen Gedanken begegnete, Zweifeln. Er glaubte, sich geirrt zu haben, in dem, was er nicht wissen wollte, aber schon wußte: Es war vorbei. KLICK Von der Straße sah er in ihr Zimmer. Sah in das dunkle Zimmer, aus dem er vor einem Jahr Passanten durch den Regen hetzen sah, über die Scheibe rinnende Regentropfen, wo sie ihn festhielt. Ein Tag, tief vergraben zwischen ihren

Kissen. Ihr Zimmer, in dem er vor einem Monat versucht hatte, ihr ein kleines Lachen ins Gesicht zu zaubern, obwohl er selbst schon nicht mehr lachen konnte. Als ihre müden Blicke aneinander vorbeigekrochen waren, aneinander vorbei, auf dem Boden herum. Das Telefon hatte geklingelt und er blieb allein auf dem Teppich sitzen. Sie ging in die Küche, schloß die Tür hinter sich. Er hörte ihre singende Stimme beim Telefonieren. Da war ihr Lachen und er fing es auf, als gelte es ihm. Ein Lachen, das mit dem Geschirr in den Schränken klapperte, mehr sagte als jedes direkte Wort. Ist es nur ein Spiel? Kinderleicht scheint es. Die Karten sind verteilt. Der Tee wird kalt. Die Versammelten verharren in bewegungsloser Miene... Ein Dritter war erschienen, der Freund... und der blasse Schimmer der Vorahnung belichtete Guido diffus die Szenerie. Und dann, mitten auf dem Pazifischen Ozean (niemand wußte, wie der Schwarze Peter nun gerade dorthin gekommen war, aber vielleicht hatte sich jemand das nur ganz fest gewünscht), dort, an die Wrackteile, Fragmente durcheinandergewirbelter Geschichten geklammert, war er nicht mehr der, der er einmal war. „Habe mich verändert, mich aus den Augen verloren, eine neue Rolle zugeschoben bekommen, wie eine letzte Karte, die des schwarzen Peters." KLICK Ein Finale: Weiß ist auch grün, aber schwarz bleibt die Leere. Seine Finger kratzten wie verhagelte Regentropfen an der großen Scheibe. Ein nackter bleicher Frauenkörper sprang aus der dunklen Ecke hervor. Ecke, in der das Bett stand,

Bett, in dem der schwarzbärtige Freund, der so selten erschienen war, gelassen weiterschnarchte. Sie schreit: „Moment! ich komme." KLICK Ihr Gesicht geisterte in ihm herum, zappelte durch dieses umgestülpte Innere. Es war ihm nicht gleichgültig, noch nicht. Sein Inneres glühte, schmerzend. „Ausglühen mußt du es, oder auskotzen, Schluß damit machen." - „Liebeskummer" und „ein großes Loch, da wo du einmal warst", sagte sie am Küchentisch kippelnd. „Niemand gehört zu mir, und ich glaube, ich werde verrückt" und sie redete und redete... „Weißt du, ich kenne dich besser als du...", doch diese letzten Worte verstand er nicht. Die pure Wut stieg auf, Wut, die er wie Dynamit in die Risse des Wolkenschlosses stopfte. KLICK Es zerstören, gründlich, nach allen Regeln der Kunst... Der Kunst zu lieben? – Der Kunst der Corrida. Ihr Gesicht, ihr Lachen, flatternd im dürren Atem der zusammengezuckten Traumgespinste, gehalten von den drahtigen Händen der Capeadores. Schemenhafte Gestalten aus dem Schatten der Olivenbäume, mit den fratzenhaften Visagen der Eroberer längst verstaubter Jahrhunderte. Aufgelöste Vorstellungen. Vielleicht würde er sich daran erinnern, wenn es nichts anderes mehr geben würde, nur noch Erinnerungen. Später vielleicht. Er würde ruhig bleiben, als wäre nichts geschehen. Später, wenn es das gab... KLICK Da setzt er sich in die Sonne, schläft ein, wacht noch auf. Muß weiter, gehen! Stellt fest, daß er der Einzige ist, zwischen den Rändern der Felder, allein, unter diesem blauen Himmel des

Aprils... macht, was er will. KLICK Das leere Zimmer in Berlin, in das er sich verkrochen hatte, war leichter zu ertragen als dieses Nichts im Überall, in dem sich die Welt versteckt hielt. Eine Welt, die er einmal mit sich hatte füllen wollen. Was er nicht alles einmal gewollt hatte, bevor es ihm egal geworden war! Gleich geworden, wie diese grauen Gesichter im Morgengrauen, die an den zerbröckelnden Fassaden in den Straßen Berlins vorbeihuschten wie Katzen in der Nacht... Und dieses Zimmer, ein Kellerloch, obwohl es im vierten Stock lag, ohne Dusche, das Klo eine halbe Treppe tiefer. Sein Zimmer in Berlin mit Kohleofen und einer schrecklichen Tapete dahinter: Imitierte Backsteine... Wahnwitzige Augenblicke gaukelten ihm einen Weg durch die Sinnlosigkeit vor, den er zu gehen hatte, ohne sich umzudrehen, ohne darüber nachzudenken, nur weiter, nur weg. Entkommen, das es nicht gab. Er folgte sich durch seine Ziellosigkeit hindurch. Ein kurzes Verschnaufen zwischen Venus und Mars, Augenblick nur, schon geht es weiter, schon ist es vorbei. „Ich muß mich diesem Dasein ergeben wie einem Geiselnehmer, der mich mit entsicherter Waffe bedroht, obwohl ich doch überhaupt nichts dafür kann", flüsterte der schwarze Peter. KLICK Er hatte sich in einen abgesägten Ast verbohrt, der auf dem duftenden Waldboden morsch und vergammelnd lag. Darüber stolperte ein einsamer Wanderer, der nur die Aussicht genießen wollte und in seiner romantischen Vision vom Glück schwärmte wie eine Motte. Für Peter Schwarz war das eine Antwort auf mehr als die Hälfte aller Fragen, die er sich noch stellen konnte. Und hier, spätestens, sollte sich jeder halbwegs geneigte Leser fragen, ob er diese sich doch ständig wiederholende Geschichte (oder zumindest den Rest davon) überhaupt noch hören will, ob er mit dem Schwarzen Peter ein Spiel wagen will. KLICK Hatte die bittere Pille geschluckt. Zerkratzte wie ein Kieselstein die Haut von innen. Durst. Das Wasser aus der langen Leitung schmeckte schal und das Universum wurde fest von einer durchsichtigen Müdigkeit umklammert, die keine Öffnungen hatte, aus denen sich die Freiheit hätte stürzen können. KLICK Die Traumfrau hatte seine Träume zerfressen, als er sich eingestehen mußte, daß sie wirklich war. Dahin waren die Träume, als er sehen mußte, daß sie nicht wirklich so war, die Traumfrau, die Wirklichkeit zu einem dummen Spiel geworden war. Also einen Strich darunter, einen Stein darauf: Ruhe in Frieden. Vergessen erwartend. Aber so einfach war das nicht. Er hatte überlebt, aus Gewohnheit, ganz natürlich, mußte weitermachen, mit was auch immer. Er würde nicht der sein, der seinen Tod bedauert. Zum Glück. Er ist der, der aus Verlegenheit leben muß und darüber lachen kann. KLICK Ein Labyrinth unter freiem Himmel. Er folgte den Straßen. Fassaden links und rechts. Hatte seinen Blick gesenkt. Die rege Phantasie tänzelte im Narrenkostüm herum, umringte ihn, griff sich den geheimen Wunsch... Eine Polka? Einen Walzer? KLICK Und er stand in dem Spielzeugladen auf der

Eisenacher Straße, suchte nach dem Drachen, den ein Prinz für die Prinzessin hätte töten müssen. Aber solche Drachen waren ausverkauft und auch schon lange nicht mehr gefragt. „So ein Mist, es war tatsächlich Liebe... es war... ist vorbei." Die lakonische Frage eines stillen Beobachters im Unbekannten: „Hast du den Schock jemals überlebt? Lebst du noch?" Ihn gaffte die Sprachlosigkeit an. Wen interessiert schon die Liebe, wenn sonst nichts ist? KLICK Nicht zu vergessen, nebenbei spielten sich ganz andere Episoden seines Lebens ab. Nachdem er in zehn Minuten die Geschichte, wie er zum schwarzen Peter geworden war, erzählt hatte, erklärte ihm ein Bekannter: „Mein Therapeut sagt, daß die meisten Verrückten nicht nur einfach verrückt sind, sondern verrückt sein wollen." - „Und was ändert sich dadurch?", wagte der Schwarze Peter nachzufragen, worauf der Bekannte sich Monate, Jahre nicht mehr blicken ließ. Eine Studentin aus Moabit fragte, mit asthmatischen Untertönen, nachdrücklich: „Magst du eigentlich D.D.?" so, als hinge von der richtigen Antwort die Zukunft ab. „Meinst du Donald Duck oder Doris Day?" - Keine fünf Minuten später schüttelte sie verzweifelt den Kopf: „Warum lern´ ich nur immer solche Leute kennen?" Der schwarze Peter hatte erklärt, daß in jedem Schatten ein Funke Blau lauert. KLICK Das Gespräch drehte sich ganz allgemein um Teetassen, Zukunftsperspektiven und das Vorabendprogramm in der Glotze. Die Kontrahenten trennten sich, nach ihrem konspirativen Treffen bei Bier und Zigaretten, mit einem Gefühl des Unverständnisses. Der eine hatte keinen Freund mehr, während der andere im Aquarium zu leben schien. In der 3. Person war auch noch die Germanistikstudentin anwesend, die ihre Zeit aber lieber in Wien verbrachte. KLICK „And all that world is a stage." Gil Scott-Heron. KLICK Entsetzen ritt auf seinem Brillenrand. „Mußt auf deine kranke Linie achten, mußt dich entschuldigen, für die Worte, die nichts mehr zu sagen haben, die sich im Dickicht des Gefasels verheddern." KLICK Die eigentliche Leere kam, mit einem nach Fisch und Öl riechenden Dosenöffner, den hatte sie auf ihren muskulösen Oberarm tätowiert. Sie setzte ihn an den Haarwurzeln an, den Dosenöffner, und öffnete so geschickt die Schädeldecke, wie eine Konservenbüchse. Das Gehirn fühlte keinen Schmerz. Und alles nur, um sich Platz zu schaffen. Platz für weitere Luftballons, die, wie jeder weiß, den Vorteil haben, platzen zu können, aus Solidarität mit anderen, verdrängten Erlebnissen, oder regenbogenatmenden Seifenblasen. Doch auch die flatterhaften Schatten, unter den Blumen der Sonne, wußten nicht, ob sie dieses Spiel der freigesetzten Platzangst ernst nehmen konnten. So regte sich auch Peter Schwarz nicht weiter auf. Selbst, wenn alles verlorengeht und der, der du einmal warst, in dieser Kiste verscharrt wird. „Bleib ganz ruhig, auch wenn das, was nicht mehr ist, dich zerdrückt. Das Bewußtsein ist nur tagtäglicher und nachtnächtlicher Unfug, mit Mond und Sternen, Sternchen und Schnüppchen, die zu mir

177

an die Theke kommen, im »Ex« auf der Gneisen-
austraße, um sich zweifünfzig zu schnorren. Aber
ich weiß genau, fühle es ganz deutlich: Das ist
nicht meine Geschichte... der Schädel von Beton
verschluckt... die Rettung ein Preßlufthammer, der
mich aus dieser Lethargie befreit... und abge-
hauen, aus dieser Geschichte..." KLICK Eskapa-
den. Mit gesenktem Blick durchquert er eine
bleistiftgraue Stadtlandschaft. Die Wirklichkeit
erscheint erst, zieht gemächlich vorbei, in den
Büchern, die er liest, um sich zu entkommen.
KLICK „Trotzdem... trotzdem!", rief Peter Schwarz
dazwischen. Hielt sich daran fest, weil der runde
Tisch in dem Café am Marheinekeplatz wackelte.
„Trotzdem!" Blieb unbehelligt von davonschlei-
chenden Tagen. Dabei müßte er Worte verlieren,
Worte schnauben, wie durch ein Ventil. Aber er
verlor sie nicht, die Worte, fraß nur die Wut und
die zähe Traurigkeit in sich hinein. War allein und
fror zusammengekauert im Schlafsack, seinen
Kopf gegen jede Mauer schlagend. Klopfte an
Türen, die verschlossen blieben. „Trotzdem!" Mit
dem Kopf durch die Wand. Er wußte, daß es ganz
gleich war, ob er wollte oder nicht, vorbei war vorbei. „Trotzdem..." Seine Flucht in das Land der
verwehten Sonnenstrahlen, sein Entkommen auf
die einsame Insel, auf der niemand nach Erklärungen für ein Nichts suchen mußte. „Vergiß es doch
einfach und nimm es so wie es ist. So wird es bleiben, und du kannst nichts dagegen machen. Du
mußt doch endlich erwachsen werden..." Peter
Schwarz wollte verzichten auf jede Unter-

würfigkeit, schnaubte sein „Trotzdem." Träumte nicht mehr von Liebe und Glück, träumte nicht mehr von Träumen, in die er sich verlieben konnte. Er war stumm geworden, hatte nur noch ein „Trotzdem", an dem er sich festhielt. Versteinerte Schreie, Unmöglichkeit ringsum. Geraubter Verstand, verlockende Ideen, von Gedanken umsponnen, die keine Sprache mehr gebrauchen wollten. Peter Schwarz biß die Zähne fest zusammen, auf der Zunge nur das „Trotzdem." KLICK Übriggeblieben von den vergoldeten Versprechungen der Zukunft war nur ein farbloser Morgen, der die zurückgebliebenen Schatten in einem verregneten Grau verbarg. Tage und Nächte begannen für ihn, ohne daß damit etwas anzufangen war. Er wartete, die starren Blicke in den kahlen Hinterhof gerichtet, fassungslos. Vergaß sich in den Selbstgesprächen, wollte vergessen und schwieg. Aufgesprungen wie taub und bewußtlos, so rannte er durch Berlin. Warum er sie liebte? Beide liefen sie davon, und weil er nichts zu haben schien als diesen Moment, in dem er an das Leben geglaubt hatte. Nur noch Verachtung, für alles, sich selbst in jedem anderen, Verachtung und Wut, damit mußte er klarkommen. Wut, die in ihm tobte, die ihm dieses blöde Grinsen ins Gesicht klebte. KLICK Zersplitterung und die Wattewölckchen freigesetzter Phantasie. KLICK Peter Schwarz stand da, zögernd, berauscht vom Rosarot der Erinnerung. Hinter ihm die Klippe zur Vergangenheit und vor ihm, wie immer, die Zukunft, aus der er machen konnte, was er wollte. Aber die Augen wollte er nicht öffnen, wollte nichts mehr wissen von Zeit, Raum oder einem Weg. Seine Blicke wollte er nicht preisgeben im Supermarkt der Geschichten. Die Traumfabrik lief weiter auf Hochtouren, bot ihm so viele Hüllen an. Welcher Typ war gefragt? Wer sollte er sein, um überhaupt etwas zu sein? Weigerung, er wollte nicht mehr, und das war kein Spiel. Kam nicht auf die Beine. Nächte, aus Stecknadelköpfen geschmolzen, rotteten sich zu Pupillen zusammen, geronnen zur Gleichförmigkeit. Die Zukunft lockte, reizend, Erdbeermarmelade auf frischen Schrippen. Aber Naschen wurde zum Problem. Die Weisheitszähne kamen. Und in einer neuzeitlichen Plastikwelt, da, in einem einladenden Irgendwo, über dem die Spuren aufgeblühten Sternenlichts glimmten, traf er auf Dorothy... verhalten glimmte aufgeblühtes Sternenlicht. Dorothy, bitte keine Ballade. An der ins Neonlicht getunkten Theke saß sie neben ihm. Ganz plötzlich. Liebe, daran versuchte er sich zu erinnern, war ihr erstes Wort: „... vor dem Spiegel hatte ich mir angewöhnt, es rückwärts, also von rechts nach links, aufzusagen, aber auch das half mir nicht. Ein Rätsel, verkleidet wie beim Fasching, jahrelang. Jeder schien zu wissen, was das ist, Liebe. Ich hatte keine Ahnung. Fragte mich irgendwann, ob das nicht nur ein Bluff ist, ein Windbeutel, der auf den Magen schlägt? Ich versuchte, mir einen Reim darauf zu machen, fand aber nur Hiebe. Dachte mir, es besser nicht so ernst zu nehmen... Nimm sie bloß nicht ernst, die Liebe, hörst du... Ich habe es oft mit ihr versucht, alles riskiert, wie beim Roulette... Aber nie hab´ ich den richtigen getroffen. Das sollte es ja geben, den passenden Deckel auf jeden Topf, aber nimm das nur nicht so ernst... eine leckere Suppe kannste dir auch ohne Deckel kochen. Einmal war ich sogar zum Arzt gerannt, der hatte mir Wunder mit Gebrauchsanweisung verschrieben, doch nichts half, kein *Loverman* in Sicht... der, der da kommen sollte, den ich eines Tages treffen sollte, der all meine Tränen trocknen würde, so wie es diese alte Jazzschnulze versprach... Tage und Nächte kamen und gingen, wie Zwillinge, gar nicht voneinander zu unterscheiden...´´ Er wollte sie mit nach Hause nehmen, als ihm mit Schrecken einfiel, daß er gar nicht wußte, wo das war, zuhause... Da legte sie ihre lackierten Fingernägel auf seine aufgeplatzten Lippen und eine leere Straße spulte sich wie ein roter Faden vor ihren Blicken ab, rhythmisch getrennt, vom Aufblitzen der weißen Mittelstreifen im Scheinwerferlicht. Und die einzige Ausrede, durch die ein solches Phänomen entkommen konnte, war: Das Geheimnis. KLICK Viel zu faul, sich von der Matratze zu wälzen, einer Realität zu begegnen. Da ist er, der Schwarze Peter, wieder zwischen vier Wänden, unten und oben. Er blieb liegen, auch wenn er sofort losrennen müßte, um sich noch einzuholen, sich zu fassen. Aber zu oft war er sich schon dicht auf den Fersen gewesen, hatte sich fast erwischt, bis dann plötzlich nichts mehr zu begreifen war. Wie ein Archäologe buddelte er in sich. War ein Phantast, voll mit Möglichkeiten, die unmöglich waren. Die schönsten

Vorstellungen lockten und machten sich wieder aus dem Staube, bevor er überhaupt aus der Tür war. KLICK Zwei Sätze fand er noch auf seiner Zunge, nach der ersten Begegnung mit dem Unbekannten, das ihm schon seit Wochen zu nahe trat: „Hexe auf rostigem Kehrblech, du, im Himmel über deiner von den Borstenpinseln gezauberten Landschaft, zwischen deinen Bezauberungen, die nicht dazu bestimmt sind, die Wahrheit zu sagen, aber auch nicht zu lügen, Hexe, du, mit den Asbestlippen, dem blutigen Schrei im Schnürschuh, du, laß uns eine Sause machen über die geweißten Sandstrände, an denen deine Beschwörer im Aquarellblau ruhen und sich in der Sonne rösten, deine Liebhaber, die dich für eine Außerirdische halten, verschämt leuchtend, die dich für ein Zwitschern am frühen Morgen halten, dort, wo ein unumstößliches Individuum aufgerichtet wird, und doch in seiner Dreistigkeit als Kanarienvogel dienen muß, du, Hexe auf dem Kehrblech, feg´ den Rest von mir zusammen, die zerbrochenen Stunden aus Gewesenem, wie die Asche vor dem Kohleofen... mach eine Sause mit mir durch diese ausweglose Grenzenlosigkeit. Ich weiß, sehr weit da unten, wuchtet die Mondlandschaft weiter imponierende Gebirge in die klare Luft der finsteren Wälder, aus denen wir stammen, da sind wir uns ja einig." KLICK Nach dem Gedränge und Gepresse an dem U-Bahnausgang Mehringdamm, Durcheinander, in dem sich der Schwarze Peter sogar selbst aus den Augen verloren hatte, prügelten sich die Kinder am

Kaugummiautomaten, schrien und keiften. Kinder, die gerade erst lernten, sich richtig zu hassen. KLICK Er wußte nicht, wer er war, aber das Monster, dick und pickelig, Schwärze blubbernd, gespickt mit allen Möglichkeiten der Hoffnung, den Angstzuständen... es mußte besiegt werden. Peter Schwarz hätte sich jedoch lieber begraben, verbuddelt in etwas Sinnvollem, aber das erschien nicht. Nicht mehr hinaus, in irgendeine Welt. Zweifel, ob es sie noch gab, diese Welt da draußen, ob sie wirklich vorhanden war. Und war diese Geschichte, die ihn gefangen hielt, nicht nur von einem Irren erdacht, der sich langweilte, seinen Spaß haben wollte? Eine diktierte Geschichte, so als gäbe es ein unausweichliches Schicksal. Das wußte er alles nicht. Aber das Monster mußte besiegt werden mit einem ehrlichen, herzhaften Lachen. KLICK Zeilen zu einer am Donnerstag, 20:15 Uhr, Nähe Yorkstraße beendeten Kindheit und dem gleich danach begonnenen Wochenende: Verwischte, nicht restlos zu erklärende Identität wird von Panik befallen und strömt mit den Massen auf irgendwelche Ausgänge zu, die aber noch nicht sichtbar sind. Es soll dort nach oben gehen, und über der Höhle soll sich angeblich das Licht kräuseln, strahlen wie Glut. Es war eine erschreckende Tatsache: Es konnte nur noch nach oben gehen. Peter Schwarz verplemperte seine Zeit und ihm geschah nichts, er blieb unscheinbar und sein Verständnis verebbte in den Sackgassen - Dead End in ihm, und er in einer Welt, die weiterhin nur an das

Happy End glaubte... Aber schon betrat er einen Landungssteg in Richtung Ozean, und später, als ihn Unvorstellbares umarmte, regnete es wie in einem Abenteuerfilm am Sonntagnachmittag. Ihr mondlanges Haar leuchtete im Wind. Leuchtfeuer auf den Klippen, aber die Gebirge waren nur ein Zucken am Mundwinkel dieser sternklaren Nacht. Der Donnerstag verharrte in seiner Gewöhnlichkeit und machte auch keine Versuche, Ungewöhnliches vorzutäuschen, und er versteckte auch nichts, um nicht noch eine Versuchung zu verlocken. Das überließ er den anderen Tagen, zum Beispiel dem Freitag, der soviel von sich Reden machte, an dem alles poliert wurde, blitzen mußte... Unsichtbares war an ihm vorbeigesplittert, riß ihn mit durch seine Tunnelblicke in der U-Bahn, an dessen Ende sich die Leere blähte. Er hielt sich an den Scherben fest, so, wie der Sand der Wüste an einen Wirbelsturm. Gurgeln, als rührten ihm die Stürme in der Kehle wie die Mütter den heißen Brei. Und er verlor die Zeit, aber wurde sie nicht los. Verschwendete die Stunden bis zur letzten Sekunde, bis er explodierte, sich selbst in alle Richtungen gleichzeitig verließ, sich in Gedanken bei der Frau in Göttingen wiederfand: Er stand hinter ihr und sah das eng umschlungene Paar, sah sich selbst, seine Blicke ohne Funken. Doch das war die alte Geschichte, die Geschichte von den zerstückelten Herzen, die zusammengeklebt werden mußten. Eine Geschichte der bestätigten Zweifel, die am Ende einen Festschmaus aus Träumen hielten. Weit wollte er jetzt hinaussegeln, über jede

Grenze hinweg, nicht immer nur unter Land... Fand sich in dem dunklen Zimmer wieder, in dem nur eine hohle Nacht um Aufmerksamkeit buhlte. Hätte er einen Wunsch frei, er würde sich ein Vergessen wünschen. Vergessen ohne Anfang und Ende. KLICK Das Monster war die Erinnerung. Erinnerung, so, wie es hätte sein können. Ungelebtes Leben, unberührtes Glück, verschmähte Zukunft, Erinnerung nur noch, aus der nichts wurde. Und nichts scheint ihm mehr möglich, jetzt, danach. Sein Leben ohne Traum. Aus der Traum. Die Träume machen Urlaub, überwintern am Nordkap, oder leben in der Karibik ihr einfaches Leben. Der Schwarze Peter ist davongelaufen und im Kreis herumgefahren, mit verwehten Haaren, dem schwerfälligen Lachen ohne Laut, an den quietschenden Ketten eines Karussells. Stumme Sätze aneinanderreihend, in seinem Selbstgespräch, immer wieder über die Frage stolpernd: „Warum nur? – Warum gerade ich? Ich?" Die Frage, die ohne Antwort blieb. KLICK Gefangen von den Gedanken, die ohne Warnung erschienen. Gedanken, die, wer weiß wohin wollten, ihn mitrissen. Vollkommen verkopft war er und konnte sich nicht fassen? „Vielleicht sollte ich ein Tagebuch anfangen, um mich zu suchen, in den alltäglichen Kleinigkeiten, Momenten, die ich so achtlos verbrauche..." Es blieb bei diesem ausgeuferten Vielleicht: „Vielleicht lebe ich nicht einmal wirklich und mache mir nur etwas vor, bin vielleicht schon gestorben, habe es nur noch nicht bemerkt?" KLICK „Wie Dosen im

Supermarkt stehen sie da, die Dosen im Supermarkt. Und, sind sie nicht süß, die Süßwaren... Träume traumatisch taumelnd beim Blickkontakt mit dem Endlosen, durchsichtig geworden von der ersten Berührung. Tag für Tag, bis tief in die Nacht..." KLICK Einer, der ihn ansah als wäre er ein Spiegelbild. Überraschend die Worte: „Du, ich glaube, wir kennen uns von früher..." Er fühlte, wie Schneestürme über das erfrorene Land fuhren. Zusammen wollten sie an einer Holzhütte, dem Örtchen, auf dem nur Platz für einen war, einen Fallschirm oder einen Ballon verknoten. Auffrischender Wind riß ihnen die Stricke immer wieder aus den Händen. Die Luft war so klar und frisch wie der Duft französischer Croissants noch vor Sonnenaufgang. Marcel Duchamp und ein Name, den er nicht entziffern konnte, waren mit einem Lötkolben in das verwitterte Holz gebrannt. Es fing an zu schneien, bei 40 Grad Fieber. Und seine Zunge vertrocknete ihm im Mund wie ein Löschblatt. Der Wind zog weiter nach Chicago. Aber Peter Schwarz würde viel Zeit brauchen, bevor er sich wiederfinden würde. Es würde ruhig sein müssen, sicher sein, wie ein ans Brückengeländer gekettetes Fahrrad, und doch so klar wie die Luft auf den ungesattelten Bergrücken. KLICK Auf der Flucht aus der Gegenwart, den aufgelösten Vorstellungen von der Zukunft entgegen, Zukunft, die er nicht zu fassen bekam, weil es weder Fragen noch Antworten gab. KLICK In der stickigen Märchenluft schossen paradiesische Bilder wie Pilze aus dem Boden. Hinter der vom Suchen

süchtigen Existenz, dieser klitzekleinen Begrenzt-
heit, erheben sich monumentale Bilder, verschwommen, abstrakt. Peter Schwarz ließ sich auf
keine Definition mehr ein, zweifelte an allem, und
der Zweifel spaltete alles als wäre er ein Meißel.
KLICK Wochenlang sprach er mit niemandem,
wechselte kein Wort. Einmal nur mit der Verkäuferin im Bäckerladen ein paar kurze Sätze, um ihr
klarzumachen, daß er lieber ein dunkles Brot
haben wollte, ein kerniges, körniges und nicht
dieses Wassermehlgemisch ohne Geschmack, das
in Berlin als Schwarzbrot verkauft wird. KLICK
Einen Job hatte er nicht, schon gar nicht ein Ziel,
für das es sich gelohnt hätte, das Leben ernst zu
nehmen. Das süße Nichtstun entnervte ihn zwar,
aber mit Beliebigem wollte er sich auch nicht zufriedengeben... Es sollte Sinn haben: „Aber was
hat schon Sinn, wenn ich nichts diesen Sinn geben
kann? Ich habe nichts und niemanden, keinen
Chef, keine Kollegen, über die ich mich aufregen
könnte. Ich bin geflohen vor dieser Art Alltäglichkeit, habe mir meinen eigenen Weg gesucht, weil
ich nicht glauben kann, daß es etwas gibt, für das
es sich lohnt, das Leben durchzuhalten. Das Leben
ist nicht zum Durchhalten. Ich kann mich nicht
einfach ein paar Jahre zurückhalten, in der Hoffnung, daß danach das richtige Leben beginnen
wird. Das ist doch ein Märchen. Es ist doch so, daß
keiner danach mehr weiß, wer er wirklich ist...
Sich zu überwinden für andere, für sich selbst,
oder irgendein höheres Etwas, das sie gerne
hätten, gerne wären, bis nichts mehr übrig ist.

Habe kein Vertrauen dazu. Ich will dieses Spiel nicht mitspielen. Nichts will ich und so löse ich mich auf." KLICK Vielleicht kam seine schlechte Laune aber auch nur vom Wetter. Schon morgens, als er die abgestumpften Blicke durchs verdreckte Fenster warf: Berlin, Wedding, mit Ausblick auf den Schornstein vom Krematorium nebenan, dort, wo ein Grau mit Grau Hochzeit feierte. KLICK Gern wäre er zu einem Schatten in finsterster Nacht geworden. Nacht, der er weiter und weiter folgen würde, rund um die Erdkugel herum, um nicht zuletzt wieder nur den eigenen Herzschlag zu hören, um nicht mit sich allein sein zu müssen, wachend an den Grenzen, die ihn von jedem selbstverständlichen Leben trennten. Eine trost-lose Geschichte, sein Leben und die Liebe, für die er bereit gewesen wäre, die Stirn zu bieten, Liebe, die ihn allein zurückgelassen hatte. Es gab sie nicht mehr, seine Liebe, nur noch erblaßtes Leben, das sich verflüchtigte, versiegt war an der Quelle von längst Durchdachtem. KLICK In aller Stille, sei sie nun von der Not geflüstert, oder vom Mut der Verzweiflung geweckt, hatte er sich eine beruhi-gende Theorie zurechtgelegt. Die glich mehr einem Schutzschild gegen die Angst, mit dem Bewußtsein der Leere, als einer wirklich ernstzunehmenden Begründung für eine derart zurückgezogene Lebensweise. Demnach gab es weder ihn, noch irgendeine bestimmte oder bestimmbare Welt. Alles war nur eine Theorie, eine Idee, und das wirkliche Leben hatte damit nichts zu tun. Durch seinen Kopf sponnen sich die schönsten Theorien weiter, schafften sich eine Ordnung im vorherrschenden Durcheinander und Peter Schwarz konnte zufrieden damit sein, solange das Vakuum im Kopf erhalten blieb. Vor allem mußte er an eine Ordnung glauben, mußte sich davon überzeugen, daß die Welt so ist, wie er sie sich auslegte. „Glaub´ daran, und drück´ ab und zu ein Auge zu, wenn es nicht ganz zu deiner Theorie paßt. Wenn es gutgeht, nichts Wirkliches geschieht, du in deinem Denken zu Hause sein kannst wie in einem Elfenbeinturm, was soll geschehen? Und keine Angst: Nur das ist wahr, was du wahrhaben willst. Selbst, wenn du nur in Ideen schwelgst, das Leben und die Wirklichkeit ganz woanders und dazwischen nicht einmal Brücken sind, selbst wenn... du findest keine Wirklichkeit mehr, hast nur ein paar Ideen davon...“ Aber Peter Schwarz wußte natürlich, daß das nur Spinnereien waren, und nicht einmal seine eigenen. Nichts Neues also. KLICK Dabei ist die phantastische Geschichte des W.M. viel spannender. Lehn´ dich nur gemütlich zurück, genieße sie mit einem großen Glas Flaschenwasser und laß´ sie einfach an dir vorbeisprudeln: Er würde jemand sein, der es schaffen würde, wenn andere noch nicht einmal daran dachten. Das war schon kurz nach seiner Geburt klar. Nur, was er schaffen würde, konnte noch niemand ahnen. Warten wir es ab. Das kleine „w“ wuchs heran, wohl behütet inmitten der festen Burg von „M“. Der Himmel darüber wölbte sich gelassen und schien wie aus Gold, in diesen Breiten südlicher Kindheit. Über sie hielt ein alter Zauberer schützend die Hand, ein Magier, der schon seit Vorzeiten seine Finger mit im Spiel hatte. Zeiten, in denen sich die Bäume zu Wäldern paarten, mit ihren Blicken am Horizont verharrten, mystische Mythen raschelten mit ihren ungezählten, grünen Zungen... Ach, ihr glaubt, die Bäume sehen nichts, sagen nichts, wissen nichts, ihr glaubt, die Bäume seien nur Holz? Glaubt, was ihr wollt. Er aber hatte sie belauscht, hatte den Namen des Zauberers herausgeklaubt aus der herrischen Gleichgültigkeit des Himmels und dem dumpfen Schweigen klebriger Erdkrusten. Fatal sein Name. Für die schnelle Lösung winkt eine Reise in das vergessene Wissen und Gewissen eines bewußtlosen Vergißmeinnichts, das der schon groß gewordene „W" am Wegrand pflückte, als er erfuhr, daß er für alles, was er noch sagen wollte, neue Worte erfinden mußte. Das Schicksal hatte sich zur Ruhe gesetzt, zur Ruhe, dieser Chimäre mit blaugrünem Schuppenkörper, Ruhe, die etwas hatte, was es sonst nirgends gab. Aber da half es dem W.M. wieder auf die Sprünge. Der hatte es geschafft. Was nur? War er einst Posaunist vor den Mauern Jerichos und bekam nun einen leitenden Job bei einer Abrißfirma, oder war er der begnadete Saxophonist, der allein durch seine Improvisationen leben konnte, oder war er gar der Tellerwäscher, der später die Millionen schacherte? - oder hatte er einfach nur Glück gehabt und brauchte sich weiter keine Sorgen zu machen? Ach, wie gut, daß niemand weiß... Doch diese Geschichte ging weiter, sei es auch nur durch die Untergründe des

Denkbaren und an den Grenzen der Bewußtlosigkeit entlang. Nach wenigen Schritten über naßgeregneten Asphalt fand W.M. eine auf dem Bauch liegende Spielkarte und schälte sie mit spitzen Fingernägeln vom glatten Teer: „Ach, ein Schwarzer Peter! Was soll ich denn damit?" Doch er steckte sie in seine Jackentasche, in der sie trocknete und dabei etwas wellig wurde. Da hatte selbst der gute Fatal Einwände, der alles aus seiner Vogelperspektive beobachtet hatte, und griff in absurdester Weise ein. Was für eine öde Geschichte ist dagegen das wirkliche Leben. Schluß jetzt! Augenblicklich heftete das Schicksal den W.M., der sich ahnungslos Fatalist nannte, ohne je die Folgen dieser Leichtgläubigkeit bedacht zu haben, auf eine Rolltreppe, die ihn in den Himmel entführte. Apotheose des Weltmeisters. Der zurückgebliebene Schwarze Peter, noch immer nicht ganz trocken hinter den Ohren, glich, verwundert über die Vergangenheit, dem Entsetzen aufs Haar. Der alte Fatal stahl sich davon. Er floh mit seiner besten Freundin, Aphrodite, zum Saturn. Dort tauschten sie die Ringe. Dann war es vorbei. Und vorbei ist vorbei. KLICK Die Eingangstür blieb fest verschlossen für den panisch Fliehenden, der nur noch hinaus wollte. KLICK Bevor es weitergehen konnte, mußte der Schwarze Peter erst die Zossener Straße überqueren. Er glich dabei einem morschen, muschelbesetzten Segelschiff mit verrenktem Ruder und gebrochenem Masten. An der Imbissecke, vor der Kirche zur Dreifaltigkeit, verstimmte er sich den

Magen mit verbluteten Pommes. So schlecht gestimmt wie ein uraltes Klavier oder wie eine an den Nerven zerrende Geige. Alltägliches Geschehen breitete sich vor ihm aus, noch bevor die pralle Sonne auf den Lachmalplatz platzte und er anfing, unter den verwaisten Himmelskörpern hinter Las Vegas, weit weit hinter Las Vegas, immer weiter zu träumen. Wie Hänsel und Gretel eine Spur aus Kieselsteinen hinter sich auslegten, so schlängelte sich seine Spur aus geleerten Bierbüchsen. Er war total voll von der Leere, war auf der Suche nach den Atompilzen, denen er den Grünen Punkt verpassen wollte. KLICK Er lallte ein merkwürdiges Liebesgedicht vor sich hin. Ein Liebesgedicht von ihm, und er glaubte, damit alles gesagt zu haben: „Ach, wie weich war doch der Stein, aus dem ich mir Erinnerungen schnitzte, an sie, an sie, an sie... Zwölf Monate, das macht ein Jahr oder 365 Tage oder wieviel Atemzüge?... Ein Andenken aus weichen Steinen, wie aus Knete - Sternenlicht, geklaut, versuchte ich in ihr Haar zu flechten. Verborgene Laute, die keine Zunge formte. Einziger Augenblick, in dem die Meere zu einem Tropfen zusammenliefen, aufblitzten an der Kette des Horizonts, wie ein Glimmen an schwarzer Schnur. Ellipsen. Doch glaub´ nicht, daß die Schönheit auch noch gut sein muß." KLICK Im Schlafwandel... Hast du sein verschwommenes Gesicht nicht gesehen? Über die Brücken ist er hinaus, über seinen Horizont hinweg, dieses Häufchen fester Vorstellungen war entwichen und nichts war normal. Einen Fuß vor den anderen zu setzen, mußte er wieder lernen. Er brauchte Träume wie den Stoff zum Leben, Stoff vom Dealer. Alles zerfloß vor seinen Augen, als wäre es Wachs, nichts hielt, was es versprach, und übrig blieb nur ein grauer Augenblick. Er irgendwo abseits, mit sich allein. KLICK Sag, wußtest du nicht, daß er wie kalter Kaffee aus dem gesprungenen Glas ist, ohne Milch und Zucker, zwischen den Brötchenkrümeln Seen bildend, oder wie die Pfütze auf der Straße, auf dem die Ölflecken mit dem Spektrum der Farben spielen. In guten und in schlechten Zeiten nicht mehr als das bißchen Selbst. Sag, wußtest du nicht, daß Träume wie ein Vogelflug über den gegischten Kronen der Wellen sind? KLICK Da krochen sie, die in Orange gekleideten Müllmänner, wie illuminierte Schatten eines Morgens zwischen grau zerfressenen Fassaden hervor, so, als wären sie die leibhaftigen Kinder der Sonne, mit Schwimmhauthandschuhen. KLICK Einen Würfel mit tausend Augen für sein Mensch-Ärgere-Dich-Nicht-Spiel. KLICK „Karneval der Identifikationen. Zuerst nur kindliches Spiel, aus dem der Ernst des Lebens zu werden hat. Indianer mit Gummimesser? Cowboys, die Indianer töten? Von allem etwas. Was willst du aus der Knete des Unbestimmten formen? Chef mit Herz, oder ohne, selbstverständlich unabhängig? Doktor, Richter, Taxifahrer, oder nur eine Gürtelschnalle? Du kannst ja alles sein, weil alles nichts ist, das Leben nur ein Spiel. Wie, du bist noch einer von denen, die nach der unverrückbaren Wirklichkeit suchen, die wie ein Fels in der Brandung sein wollen, ein

Berg, der den Stürmen trotzt und mit keiner Wimper zuckt. Gefühle, gewandelt zu Südhängen und steilen Nordwänden, den Kopf zu einem Gipfel geformt, der sich in den Wolken versteckt, auf dem du zufrieden mit deiner Einsamkeit haust. Bleib, wo du bist. Du wirst sehen: Jeder kann sein, was er will, kann zu allem werden, und ist doch nicht mehr als er immer war." Den Schwarzen Peter hätte es schon fast verrückt gemacht, wieder und wieder zu erleben, zu leben, was er nicht wirklich war und niemals sein wollte. So einfach ist es ja nicht, das Leben, in das sie hineinreden, die aufgespielten Autoritäten. Aber er mußte leben, weiterleben, weitersuchen, es immer wieder versuchen. Ein suchender Versuch, der sich mit keiner Antwort zufriedengeben konnte. „Alles nur ein fauler Zauber, dieses Leben, das so großartig sein soll, um das sie tanzen wie um ein goldenes Kalb." Und so war aus ihm wirklich nichts geworden, oder zumindest wußte er nicht mehr, was aus ihm geworden war. Ein Lachen verbarg sich in den Überresten des Sinns, oder: „Ich bin nicht der, den du zu kennen glaubst, wenn du mich kennst, selbst wenn ich kein anderer mehr sein kann." KLICK Waldbrände in der Ferne abdriftender Kontinente und ein Weinbrand auf dem einzig runden Tisch, in dem rechteckigen Café, in dem der schwarze Peter schon einmal gesessen hatte und geistreichen Gespenstern aus bleichen Dampfwolken, in der Betonwüste verirrt, mit einer Räuberleiter über eine aufgespielte Vernunft hinweggeholfen hatte. Da! Da, da, sieh hin: Die schöne Blonde mit dem rosagefärbten Augenaufschlag. Sie wirft die nackte Länge ihres rechten Arms um den Hals ihres Freundes, vor dem frisch gezapften Bier. Diese nackte Länge liegt wie ein Schal um seinen Hals. Darauf ein Kopf mit kurz geschorenem Haar, das den schwarzen Peter an seine gestutzten Flügel erinnerte. Er war müde der Brände, ob Wein oder Wald. Dabei erschien ihm der Tod nicht mehr unheimlich, sondern als die letzte Natürlichkeit, die dem Leben verblieben war. KLICK Zukunft, nur ein Versprechen, ein Versprecher... ein Nichts. Schwarzes Loch mit dünnen Kratzern auf der Oberfläche und seinen Fingerabdrücken. KLICK Gedankengetümmel wie auf einem Flohmarkt bei Sonnenschein. Juckende, bissige Gedanken. Alles war zu kriegen. Gedanken wie die Läuse im abgelegten Wolfspelz. Im blassen Dunst des Hintergrundes skizzierten sich zwei Überzeugungen. Im Schatten hinter seinem Rücken reichte nach zähem Verhandeln und Gefeilsche das Für dem Wider die Hand. Vorbei ist vorbei. Für Peter Schwarz ein Rätsel. Die Sonne blieb hinter der Gardine hängen und im kahlen Hinterhof schrien wie an jedem Morgen die gleichen, verschraubt versoffenen Stimmen, hallten hohl in die Leere hinaus. „Siehst du, noch einmal wirft er dir ein Lachen zu, wie einen Stern aus Porzellan." KLICK Peter Schwarz träumte: Da war sie, sie, die sich dort in die schwarze Lederkluft der Motorradfahrer zwängte. Seinen alten Freund fühlte er links hinter sich. Georg grinste. Überraschend trafen sie sich auf einem langen Flur. Der Schwarze Peter wollte fragen, ob er jetzt dieses unbestechliche Gefühl im Bauch hatte, niemandem etwas schuldig zu sein, so wie Georg es immer wollte, wenn es darum ging, etwas zu wollen: „Mit der Harley über den Highway, und ein Gefühl im Bauch, niemandem etwas schuldig zu sein." Georg grinste: „Die Mädels fliegen halt auf mich, ich kann nichts dafür." Isabelle hatte dem Schwarzen Peter einen Brief geschrieben, den er in der U-Bahn las: „...wenn du und Georg euch gefetzt habt, dann liegt das wohl an euren alten Geschichten, nicht an mir... Ich hatte Dir mal versprochen dich nicht zu verlassen. Solche Versprechen sollte man nicht machen und du hast sie ja wohl auch nicht ernst genommen..." Und er fuhr weiter bis zur Endstation, stieg aus, fand keinen Weg mehr. So einfach konnte man es sich machen, Schwarzer Peter. Da stand er in einem finsteren Tunnel und sollte sie zum Abschied noch einmal umarmen. Für ihn gab es kein Entkommen. Er mußte sich zusammensuchen, sich neu erdenken. Keine Versprechungen mehr, nur noch die Wirklichkeit zählte. Er mußte warten bis es wieder klar wurde, wie der Wind vom Meer, und er mußte sich sicher sein, sicher wie das ans Geländer gekettete Fahrrad, später. Jetzt immer wieder an den gleichen wunden Punkt zurück. Konnte sich nicht losreißen, nicht einfach vergessen. Zuviel Erträumtes war dabei, zuviel Geträumtes wirklich. Plötzlich eine ganz andere Wirklichkeit in der nichts von all dem übriggeblieben war... Augen auf. Schock. KLICK Sie war blond, und er hatte Nachhilfe in

Philosophie bei ihr. Gedanken, nur Sprechblasen unter Wasser, und dazwischen ist nichts. In leeren Räumen konnte sie sich mühelos verstecken. Räume, die leer blieben, selbst wenn sie sie betrat. Spiel mit dem Paradoxen. Sie blieb hinter dem, was er nicht verstand, zog sich dahinter zurück. KLICK Die kalte Küche erschien wie ein abgerissenes Blatt vom Baum der Erkenntnis. Es wurde gerade Abend, als sich Peter die von gestern übriggebliebenen Nudeln briet und aus Gewohnheit zu viele Fragen stellte. Fragen, Fragen, nichts als Fragen, bis die Wut ihn packte und er jede weitere Überlegung bis zum nächsten Morgen ins Tiefkühlfach haute. Rache macht häßlich und Wut schlank, oder auch nicht. Sicher, noch erinnerte er sich an die Tage, die nach Freiheit rochen, an glückliche Nächte, aber... Das „aber" war jetzt immer schnell zur Stelle, auch, wenn er es nicht rief... aber, aber, es konnte auch nur die Erinnerung sein, die freigeworden war, um weitere Unmöglichkeiten zu begehen. Zaubernde Zeit, die alles wundervoll erscheinen ließ, zu gut, um wahr zu sein. Erinnerung nur, die sich freisetzte aus dem gegorenen Matsch, Schlamm, dem Lehmklumpen Leben. KLICK Monate später, in dem ihm Tage wie Jahre erschienen waren, rief Isabelle überraschend an. Er war noch ganz außer Atem, als er im vierten Stock angelangt war: „Ich würde dich gern mal wiedersehen..." Er versuchte zu vergessen, und da rief sie einfach an, als wäre die Geschichte noch immer nicht zuende, fast so als könnte sie wieder beginnen... „Gern würde ich dich mal wiedersehen..." Und da stand er im Regen der ätzenden Zweifel: „Hab ich mich vielleicht getäuscht, denke ich zuviel, habe ich es falsch verstanden und wache plötzlich auf, als wäre es nur ein Alptraum gewesen... Sieh da, noch hoffe ich, auf was nur... noch glaube ich... Ein Weg zurück, ein Versehen, ein Irrtum nur... Lächerlich. Ich würde dich gern mal wiedersehen... Und ich komme mir vor wie ein Hund, zwar nicht mehr an der Leine, aber auf jeden Pfiff horchend, gehorchend. Solche Geschichten sind ja bekannt genug... Aufgewärmte Suppen sollen ja besser schmecken, nur... in dieser schwimmen Pilze. Wo kann ich ihr denn noch begegnen? Auf einem Friedhof! Und selbst der Himmel muß mitspielen und seine finstersten Regenwolken vor dem Vollmond passieren lassen. An den Grenzen der Vorstellung tauchen wir auf wie aus dem Nichts, wie geisterhafte Erscheinungen, ohne Haut und Knochen... Ich nur noch ein Schatten auf Turnschuhen, um eine letzte Ruhe bettelnd, nach dem Tanz um den heißen Brei, in der der Mond glänzt wie der Boden eines ausgeleckten Topfes. Wirklich ist etwas anderes." KLICK Doch es war gut, daß er noch einmal dagewesen war, in Göttingen. Es war gut, noch einmal in ihrem Bett gelegen zu haben, auch wenn sie am nächsten Morgen restlos verschwunden war. Es war gut, daß es keine Endgültigkeiten gab, keine Antwort, nach der er zufrieden gewesen wäre. Es war gut. Und doch war es auch das Schlimmste, was ihm passieren konnte: Kein Ende zu finden. Aber was nicht sonst noch so alles Liebe genannt wird... KLICK Und sie hatte dem Schwarzen Peter erzählt, daß sie ein Kind von Georg bekommen würde. KLICK Eine merkwürdige Geschichte für den, der sich erinnern mußte. Umhergeisternde Erinnerung für einen, der am Ende dalag, die spröden Lippen in den Sand gepreßt und den erstaunt offengebliebenen Mund voller Erde, dem nur die Hektik der Stadt noch einmal ein Leben gab. KLICK Und auch, wenn er nicht immer an die Wirklichkeit des Erlebten geglaubt hatte, schien das Glück nah und greifbar, eine aufblitzende Schönheit. Städte lockten mit ihren vielversprechenden Namen. Glattgekämmter Asphalt dazwischen und aufgeblühte Sommer. Jetzt war er todernst bei jedem Witz, in den schwach flackernden Momenten seines Bewußt-seins. Vereinzelt erscheinende Existenzen, verkapselt, ohne Ausweg. Er hatte einen Kübel voll von Richtungen, in die er fliehen konnte, nur nicht heraus. Eine unbekannte Stadt, mit finsteren Ecken, hinter denen sich ein Knäuel aus Wegen darbot. „Oder zu den Sternen, siehst du, gleich hinter der Milchstraße links...“ Nur nicht heraus, und immer, wenn er sich umdrehte, war da ihr Lachen. Erstarrend im Schreck, wußte er nur, daß es irgendwann vorbei sein würde und er wieder ein Nichts im Nichts sein konnte. KLICK Noch einmal Isabelle. Ihr Fluchtversuch: „Ich hatte sogar meine Zahnbürste vergessen... Ist nicht so schlimm, dachte ich mir, die gibt es ja überall zu kaufen. In meinem Rucksack waren nur ein Handtuch, ein paar dicke Socken und eine Dose Bier. Das Bier war ein Abschiedsgeschenk... Ich wollte weg, jetzt doch noch, zum Dach der Welt, Pamir, Tibet. Wer weiß, vielleicht kann man ganz einfach dorthin trampen. Ich werde es erst wissen, wenn ich es ausprobiert habe, dachte ich mir. Also los, Hauptsache weg. Richtung Süden, Griechenland, das war klar, dann irgendwie nach Osten, also nach links. Und schon stehe ich an der A7 in Richtung Kassel, München. Ich wußte nicht so genau, ob München noch richtig war. Ein mit Lichterketten behängter LKW hielt, nahm mich mit. Auf dem Rasthof Kasseler Berge machten wir eine kurze Kaffeepause, und schon ging es weiter: Kirchheimer Dreieck, auf die A5 bis Reiskirchner Dreieck, Frankfurt a.M., bis mir kurz hinter dem Rasthof Pfungstadt plötzlich auffällt, daß ich meinen Rucksack, in dem mein Reisepaß war, auf dem Rasthof in Göttingen stehengelassen hatte. Ohne Ausweis würde ich nie bis Tibet kommen, nicht einmal bis Salzburg würde ich kommen, wenn ich Pech hätte. Der LKW Fahrer drehte um, fuhr den ganzen Weg zurück bis Göttingen, der war echt nett. Seinen Job war er damit los, das war klar. Der Rucksack war weg, mit Ausweis, Handtuch und dem Bier, was hatte ich erwartet? Da hatte es auch keinen Sinn mehr, an Tibet zu denken, vielleicht später einmal. Der Fahrer mußte jetzt aber wirklich weiter und verschwand auf Nimmerwiedersehen, natürlich nicht, ohne daß wir unsere Adressen getauscht hätten. Als er weg war, seiner verlorenen Zeit hinterher, auf Teufel komm raus - der war wirklich nett - bestellte ich mir ein

Taxi und fuhr für 7.20 DM nach Hause, Innenstadt Göttingen. Machte in der Küche noch ein bißchen Lärm, um jemanden in der WG aufzuwecken, mit dem ich noch eine Flasche Sekt trinken konnte, damit diese Geschichte ein gutes Ende hatte. Ich fand es zwar schade, daß mir der Ausweis geklaut wurde, war aber auch erleichtert... Ich hätte euch bestimmt eine Postkarte vom Dach der Welt geschickt." KLICK Und als das Morgen erneut ein Jetzt bekommen hatte, es nichts Besonderes mehr war, ließ der Schwarze Peter, im Charisma zufälliger Äußerlicherlichkeit, seine Stimmungen wechseln, wechselte sich selbst aus wie ein Chamäleon seine Farben, gab sich allen Oberflächlichkeiten hin, ohne noch etwas halten zu wollen. Nicht einmal die Hoffnung war geblieben und fraglos blieb er allen Antworten gegenüber. In seinem Hinterkopf leuchtete noch regenblau eine Schatztruhe, gefüllt mit ihm, aber was ist schon Freiheit, wenn es keinen Ausweg aus ihr gibt. KLICK